A mulher do padre

Carol Rodrigues

A mulher do padre

todavia

*Pra minha vovó Marlene,
a primeira escritora que eu conheci*

A minha mãe é um peixe.

William Faulkner

I

Vaca louca não para de pé e é assim que faz pra saber: olha bem a perna se tá mole se bambeia aí já mata no pasto ou no feno com injeção ou tiro de espingarda. Fizeram uma coisa idiota eu ouvi meu pai dizendo que moeram as vacas doentes bem moidinhas e deram de comer a farinha de carne e osso pras vivas. Aí mataram as vivas sem saber que também já tavam loucas e venderam no açougue e virou tudo bife à parmigiana, a cavalo, rolê, e quem come pode ficar louco também ou já morrer direto afogado na baba. A tevê mostra a pata fraca e os homens de chapéu atirando ou dando paulada na cabeça delas ou são uns homens de macacão branco enfiando uma injeção e cada uma tombando uma depois da outra bum bum bum. Às vezes eu rio que é como o Pica-Pau e o Leôncio mas às vezes choro quando a vaca sacode muito e baba porque eu tenho muita pena de quem baba. Mamãe fala que ela vai descansar, tomar suquinho. Sei que é mentira mas eu acredito. Às vezes fica tudo preto na tevê e aparece ali nossa cara e eu fico pensando se as outras casas também ficam vendo a nossa cara quando não tem nada passando.

 Ninguém mais come carne vermelha na Inglaterra inteira mamãe disse porque senão imagina todo mundo louco, mas e se alguém comer, mamãe, e se alguém comer e vier falar com a gente na rua. Aí o prato principal da nossa casa é um peixe muito machucado num molho de pimentão verde que é o mais duro do mundo. Peixe é uma coisa muito mole aí quando como penso em minhoca e o barulho de morder um pimentão é o barulho de comer o olho do peixe aí quando tem peixe no almoço eu já sei que vou perder a tarde toda.

Chego num uniforme verde com gravatinha e um adesivo no colete onde dá pra ler que eu não falo com estranhos. Subo num banco muito alto até a mesa que fica bem no meio da cozinha. O prato vem num disco voador e quando o cheiro de mar salgado demais com vômito de pimentão chega na porta do meu nariz eu paro de respirar. Seguro no dedo o tanto que eu posso e quando não posso mais puxo o ar só pela boca de trás de mim ou de cima. Artista, meu pai fala. Enquanto engulo eu vejo no garfo as linhas da minha cara em cada dente.

Em dia de peixe como o peixe dá trabalho é só ele no prato. Eu olho bem pra baixo e tento não imaginar de qual parte vem cada fiapo de carne se é dum pedacinho do rosto ou fatia da barriga, aí depois tento não ver na minha cabeça os pimentões grudados vivos nele igual piolho. Pra compensar essa lerdeza toda eu preciso depois dar uns tiros de corrida no quintal até quase desmaiar e minha cara vira uma maçã que brilha muito. Mas antes disso na mesa eu inspiro tão fundo que descubro um canto novo do pulmão e talvez seja mais fácil imitar o papai que engole tudo em menos de três minutos, apesar do custo, que depois coça na garganta um montãozão de espinhas e fica um tempão fazendo um barulho que parece a palavra cloaca. Cloaca é o buraquinho da galinha. Eu não sei se ela coloca ovo e se faz cocô por ali também. Ovo sim, cocô não sei. Quando acho que é a última espinha sempre vem uma próxima e eu espero que o horror só passe como passam os comerciais que atrapalham os programas.

Quando papai sai mamãe lava o prato dela e o dele e nos dias mais frios ela vai cochilar e me deixa presa aqui na torre. Espero onze minutos olhando pra janela e alguém sempre passa com um guarda-chuva aberto falando com alguém pequeno.

Aí desço e pego os bonecos e fico com eles no carpete que rala meu joelho. Você quer vir pro meu castelo, tem fantasma. Não tenho medo eu duvido. Você prefere ter castelo com fantasma dentro ou não ter nenhum castelo. Quando escuto ela acordar subo de volta pro banco e fico olhando o prato como se nunca tivesse saído. Nos dias mais de azar eu bato na madeira mas não tem outra palavra porque mamãe para de pé do meu lado e chega o peixe gelado no garfo bem no meu nariz e a voz dela dizendo se não comer vou te levar pro hospital e vão enfiar com agulha a comida na sua veia. Finjo que não acredito girando e olhando minha mão e sacudindo o pé no alto do bancão mas já vou vendo os mascarados enfiando nos meus dois braços uns canudos de milk-shake entupidos de peixe e pimentão e espinha que vão furar minhas veias e o sangue vai vazar por tudo e vou ser uma coisa muito vermelha pra sempre e não vou poder mais espirrar, nem correr, nem fazer balé e isso pode ser até que bom. Mas ela nunca faz isso e fico aqui olhando o relógio que faz um barulho tão horrível que eu não sei por que existe. Eu já aprendi a ver as horas então sei que duas horas depois ela tira o prato e me deixa descer, ou nos dias sem escolha abro a boca e puxo bem a língua pra não sentir o gosto mas uma hora encosta aí eu engulo logo o bolo e quando uma espinha enrosca na garganta vomito de volta um pouquinho do peixe em cima do peixe que sobra mortão. Queria que desse pra tirar a língua na hora de comer essas coisas, guardar numa caixinha e colocar de volta só na hora do sucrilhos.

Tô aqui na torre há uma hora e vinte e dois minutos e um velho muito velho de boina passou na janela e bateu um vento e a boina caiu e ele ficou nove minutos tentando abaixar pra pegar do chão travado como um abajur. Até que passou uma moça e pegou e deu a boina pra ele. Aí ele foi colocar e ventou de novo e tá agora de novo há oito minutos tentando apanhar. Se eu pudesse sair eu saía pra ajudar. Mentira. Hoje tá muito muito frio. E de qualquer jeito é proibido então eu fico aqui olhando o velho com cara de castigo.

Mamãe tá entrando na cozinha e eu tô fingindo que espeto um pedaço de peixe no prato mas na verdade eu não espeto nunca porque é tipo matar o peixe de novo. Mamãe tá chegando perto e tô ficando com medo de hoje ser um daqueles dias que ela enfia peixe na minha boca mas ela tá estranha. Tá com uma coisa nova na testa. No meio das sobrancelhas. Eu conheço a palavra sobrancelha porque um dia peguei a caneta que corta que ela usa pra tirar os pelos da perna e passei nisso que é peludo em cima do meu olho. Achei que tava ajudando mas não é todo pelo que é pra tirar. Meu pai não tira o da perna, é coisa de mulher ele falou e não é pra tirar o da sobrancelha mas aí eu já tinha tirado. Não é uma ruga na testa da minha mãe é uma sombra pequena uma *sombrancelha* o meu pai ia dizer se fosse ele olhando. Ou pode ser uma topada de abrir os milhões de armários da casa. Abre fecha abre fecha uma hora bate a testa ou um resto do lápis de olho que ela coçou com o canto da mão ou é a sombra de uma moeda pendurada no teto que fica seguindo ela mas eu não tô vendo a moeda pendurada ou é a sombra do Peter Pan que fugiu e foi parar aí pequenininha porque ele é pequenininho pra sempre.

Ela pega o prato na minha frente e puxo a língua e já vou enchendo os pulmões como um balãozão mas mamãe vira o prato e empurra com um garfo o peixe todo pra dentro dum pote de plástico e fecha a tampa num plec muito alto que assusta e quase caio do bancão e ela deixa em cima da mesa na minha frente. Sai da cozinha a sombra vai com ela. Fico olhando o pote a tampa azul transparente, dá pra ver ainda dentro mas pelo menos a tampa fecha o cheiro. Ela volta apertando e sacudindo meu casaco branco, de náilon, o preferido, adoro falar náilon. Faz eu colocar um braço e o outro e o zíper morde uma carninha do pescoço. Seguro o belisco esmagando as bochechas nos olhos eu tenho medo de perguntar aonde a gente vai já que hoje não é dia do balé. O pote de plástico vai solto pra bolsona e se vazar vai ficar com cheiro de peixe pra sempre mas eu não tenho essa coragem de avisar.

Tem que esquentar o carro antes de sair ela me fala toda vez mas hoje não falou. São oito minutos de silêncio eu fico olhando o reloginho do rádio. É uma voz de homem que parece que late. Na rua venta tudo uma mulher corre atrás do gorro que voou. Em poucos outros minutos a gente chega no prédio branco e verde com uma cruz quadrada no alto. Olho pra mamãe e não vejo outra coisa é só a sombra que parece um teatrinho e se eu olhar mais tempo ela vai se mexer então vou começar a olhar por menos tempo, no máximo meio minuto.

Tem um monte de gente com cara de doente aqui essa mulher com lenço roxo na cabeça. Gosto muito de roxo mas ninguém nunca pergunta a cor que eu gosto e ela parece muito cansada cheia de olheira e esse homem com a perna pra cima toda lascada ele nem chora, eu ia chorar tanto se fosse comigo igual quando a minha perna entrou inteira num bueiro e arranhou tudo até a coxa. Mamãe tá apoiada no balcão e ela risca numa folha de papel enquanto eu falo tchau pra vida que tive até aqui porque eu sei o que vai acontecer quando me enfiarem peixe e pimentão pela veia. Ela marca xis xis xis em todos os quadrados sem ler e não sei ler tudo tudo mas eu sei que é importante ler onde a gente marca xis e sei também que se eu falar isso agora posso ganhar um tapão na cabeça porque a sombra dela tá crescendo tipo no contrário do sol. Parei de olhar. Tem umas crianças saindo duma sala ali atrás e elas tão com um olho de vaca louca quase morta. Tô tentando ver se as mães tão carregando pote vazio mas não tô vendo nada e um desses xisinhos que minha mãe tá riscando pode tá dizendo eu aceito dar de presente o pote pro hospital. Um menino ruivo e com sarda eu acho tão bonito *sarda* mesmo parecendo *sarna* tá me olhando e dizendo assim pelo olho grudadinho na testa me levaram prum quarto e me deitaram na maca e a enfermeira passou o que não comi no almoço prum saco plástico ligado num cano grosso e enfiou tudo no meu braço. Na dobrinha do cotovelo dele tem mesmo um adesivo cobrindo o buraco da veia manchado por uma gotinha. E o que foi seu almoço eu pergunto pelo olho ele responde que era uma coxona de frango bem grande assim ó e ele faz assim com a mão pra mostrar o tamanho.

    Acho que eu desmaiei e foi por isso que não vi a enfermeira passar todo aquele peixe frio do pote pra minha veia. Agora tem um mascarado jogando luz no meu olho por uma canetinha. Tô com medo de ser tipo a caneta que é afiada pra tirar pelo da perna e ele querer tirar o pelo do meu olho. Não, já desligou. Tô com medo de olhar pro meu braço e ver a escama. Vai, um dois três e já. Agora. Um dois três e já. Um dois três e já. Já. Escama ainda não tem. Mas tem um adesivo igual do menino ruivo. Tenho certeza que tô virando um peixe. Meu pé tá gelado. Minha pele tá fina e tô com cheiro de sal. Mas não vou pro mar porque eu tenho muito medo de enguia que é feia e sem braço e dá choque e também não vou ser mais eu mesma nunca mais porque já tô com muita água salgada no sangue. Acho então que vou ficar presa no meio do caminho entre peixe e gente: um lagarto: eu vou virar um lagarto. Meu braço tá igual mas quando eu dormir vou acordar com escama. E uma boquinha toda pra dentro e olho de morto só que vendo. Levo a mão na boca e tá sequinha, já começa. A enfermeira fala uma coisa que não entendo e eu não falo com estranhos e viro a cabeça e vejo mamãe deitada na maca no outro lado da sala e ela também usa um camisolão mas o dela é aberto na barriga e um homem passa uma geleia num negócio branco e passa o negócio na barriga dela e por um fio o lado de dentro aparece na televisão e de lá sai um som que faz o moço rir e ela não. Ela também tomou o peixe pela veia e agora um lagarto tá crescendo dentro dela. Mas por que deixou que eles fizessem isso se ela é adulta. Castigo não é só pra criança? Ela escuta minha pergunta e gira o pescoço e me vê acordada e tem também agora um olho de vaca além da sombra e quase chora um pouquinho, claro né, a gente tá virando uma família de lagarto.

Uma mulher de roupa misturada com pano abre a mão sentada dum degrau da escada. Mamãe abre a bolsa e tira o pote de plástico e ainda tem bastante peixe dentro e eu não entendo mais nada, só digo baixinho cuidado na língua que a gente fala só em casa e a mulher não pergunta o que é.

Tô sendo arrastada pela gola do casaco branco preferido náilon náilon o caminho do arame que cerca o pasto branco e o céu tá muito cinza. A outra mão da minha mãe segura a barriga que não tenho coragem de olhar. Será que morde. Ou dá rabada no umbigo. Parece que dói. E eu pareço salva mas não minha mãe nem a mulher que aceitou o peixe. Arrasto a cabeça no náilon e faz o barulho que gosto e arrasto de novo e vejo que ela agora cheira o pote. Tenho vontade de gritar e me imagino gritando cuidado bem alto igual em filme mas gritar não acontece comigo.

 Enquanto mamãe procura a chave na bolsa gigante eu seguro um vomitozinho na garganta. Na frente do carro tem um poste vermelho. É alto como um bombeiro de quatro braços levando luz pra tarde que tá triste. É um herói. É o bombeiro do 911 que abre os braços pra mim e eu abraço e cheiro a tinta e o cheiro da tinta é tão melhor que o do peixe e o enjoo passa e continuo abraçada porque o poste me acalma friozinho.

Vamos diz a mamãe com a porta aberta e eu digo tchau, poste, você não é um estranho. E aí vejo a cara de medo da minha mãe olhando minha barriga, eu sei, não tô a salvo, eu tô virando um lagarto com escama e casca e um dia vai ser tudo. Fecho os olhos com muita força pra segurar eles no meio da cabeça onde é mais escuro e só abro com o tapa de mão gelada que tomo na bochecha. Não encosta no carro mamãe fala e me levanta pela gola e pelo cós da calça e me coloca sentada no banco de trás e só agora vejo a listra vermelha cruzando o náilon branco no meu peito. É o meu casaco preferido, é com ele que me escondo dos adultos na neve e nunca mais isso vai acontecer. Escondia tão bem que faz um mês o grito da mamãe fez um eco infinito no lago congelado, as árvores pintadas tão caladas só às vezes uma folha caía e a gente ouvia o barulhinho. Os patinadores tinham patinado de manhã e só tinha a gente na beira. Eu no náilon branco antes da mancha vermelha. Vamos atravessar papai disse e mamãe disse tenho medo. Mas olha as marcas dos patins, todo mundo passa por aqui mas hoje esquentou um pouco e se derreter. E eu não faço isso mas enquanto eles viam se a gente ia ou não ia atravessar fui andando pela beira onde via os arbustinhos entalados no gelo, coitados, fui pisando e vendo o vento congelar minha cara e minha franja torta pelo rodamoinho bagunçava o que eu via e no gelo transparente o resto dos matinhos indo bem pra baixo e sumindo num escuro e queria ver os peixinhos e abaixei pra procurar e entre um e outro a placa era mais fina e minha perna foi inteira igual no dia do bueiro mas foi também a outra e afundei até a cintura que travou num galho e o náilon era branco e o grito não saía que o grito é igual o arbustinho no gelo. Já mamãe não, grita com muita facilidade. E não me vendo no meio de toda aquela água congelada veio correndo e vinha ela e vinha papai e eu era espetada por mil flechas e me viram e correram e me tiraram do pocinho e enfiaram minhas pernas duras nas mangas do casacão gigante do papai e me levaram pro carro igual uma prateleira.

Ainda não virei um lagarto mas eu sei que tem um crescendo dentro da mamãe. Eu vejo ela ficando muito redonda e o umbigo saltando e mamãe sentando cada vez mais torta na poltrona pra olhar a televisão. Toda noite é assim, eu olhando a barriga, mamãe olhando as vacas tombando na tevê e papai cortando as unhas e listando elas no braço do sofá. Não é toda noite que ele corta unha porque se fosse assim não tinha unha. Tem noite que ele senta e fica passando fio dental e fazendo aquele barulhinho de vento entre dentes e olhando depois no fio se saiu sujeira. Mas se alguém batesse uma foto não ia ver que eu entrei na sombra ontem depois do jantar. Esqueci que não era pra olhar tanto e olhei muito e quando vi já tinha entrado e era como um leite com bastante chocolate só que grosso e transparente e eu entrava nessa coisa parecendo um líquido mas não me molhava, era um buraco de um vulcão sem fogo, um chão de floresta embaixo da grama quando afundei no gelo mas agora quente e com uma cobra gigante piscando nuns olhos de lâmpada velha. Era tão escuro que eu batia a cabeça até chegar num ovo enorme, duro e um pouco podre. Nunca sei quando sou eu que invento ou quando é alguém que inventa e me coloca dentro da história ou se tudo isso acontece mesmo. Aí eu morro de vergonha e não pergunto.

Perder a ponta do durex me deixa triste. Papai fala, calma, mas eu não consigo fico muito brava e com a cara quente e não entendo por que umas coisas são assim difíceis tipo colocar meia--calça depois do banho ou quando escapa o elástico do lençol ou quando eu aperto muito a canetinha e a ponta afunda pra sempre ou quando tem que encolher toda a barriga no balé.

É ano-novo e não tem festa porque mamãe só quer dormir porque o lagarto cresce dentro dela e deve dar mesmo muito sono isso, então jantamos papai e eu uns enrolados de queijo com presunto e um leite quente com canela. Ele sempre come muito rápido e sai da mesa e eu demoro quando não gosto e também quando gosto porque aí quero sentir na boca cada pedacinho bem gostoso. No quarto e na luz muito amarela do abajur os bonecos conversam em silêncio. O carpete irrita muito minhas coxas, tudo coça, você gosta de paçoca? Gosto mas aqui não tem. Eu tenho saudade da vovó do guaraná do sol e de suco maguary. Ventilador no banheiro short-saia sandália de fivela. Como fala *tomato*? Tomate.

Abraço o poste enquanto trancam o carro e esperam a cadeira de rodas pra mamãe que mal para em pé de tão redonda. A tinta secou e já lascou e dou beijinho. Procuro nas escadas a mulher pra quem mamãe deu o peixe mas ela não tá mais aqui.

Já faz três horas que eu tô num corredor e não sei o que tá acontecendo mas também não pergunto. Mamãe foi empurrada deitada e papai foi junto com uma touca de banho e eu fiquei aqui ouvindo grito. Se me machucar muito feio pode ser que um dia eu grite desse jeito.

Relógio de parede é tipo uma tevê, um lugar pra ficar olhando. A cadeira é quadrada de plástico gelado, cabe eu três vezes. Não trouxe nem livrinho nem biscoito. Só dá pra balançar o pé bem rápido bem rápido. O tênis saiu e fez um arco-íris e caiu no colo do homem com cara de montanha lá na outra fileira. Ele assustou. Me viu. Tá vindo trazer o tênis. Olho o relógio da parede é muito lento o ponteiro do segundo. Ele ajoelha e tá mexendo no meu pé. Aperta o calcanhar. Coloca o tênis amarra muito forte ai ai mas eu não posso falar porque não falo com estranhos. Ele é bem estranho. Dá vontade de subir nele porque tem vários lugares que dá pra subir tipo pelo joelhão pontudo aí depois pelo cinto a barriga o ombro e o nariz gigante até chegar no topo da cabeça. Ele aperta minha bochecha. Nunca sei se isso é tipo um castigo. Deve ser porque é igual beliscar mas no lugar de fazer na barriga faz na cara, deve ser porque eu joguei o tênis nele. Mas foi sem querer. Mas ele nunca vai saber que foi sem querer.

Tem alguém inteiro vestido de verde acenando pra eu entrar numa sala. Não falo com estranhos. Mas posso seguir o estranho sem falar. Eu levanto. Caminho devagar. Ele abre a porta estica o braço e me olha muito na cara. A sala tem um vidro e atrás dele tem um dois três quatro cinco bacias com bebês. O homem verde aponta pro único acordado. Ele tem a cara enrugada de velho. Procuro as escamas nos braços mas é um bebê igual os outros só que acordado. Mas as vacas loucas têm a mesma cara de todas as outras e não posso esquecer disso nunca.

Escolho o nome dele e é Lagarto o nome dele mas meus pais chamam ele de Augusto. Já tá quase sorrindo com bolinhas muito pretas nos olhos e bochechas enormes e um chumaço de cabelo retorcido na testa que faz ele parecer um unicórnio.

Papai faz agora muitas vezes uma coisa que eu odeio: o dedo na boca o pedido mudo de silêncio, que sempre obedeço. Mas em várias noites levanto pra ver no berço por dentro da fralda se não cresce nele um rabinho. E quando ninguém vê de tarde eu levo os bonecos pro berço e coloco ele no meio da conversa. E você é o quê? Eu sou um lagarto filho de peixe com mamãe e vocês? Somos bonecos de plástico. O que é plástico? Uma coisa que é dura mas se aperta fica mole assim ó, e um boneco afunda a bochecha do outro e depois a do Augusto.

Papai, mas e a vaca continua louca? Continua, filha. Mas o peixe e os pimentões não aparecem mais aqui. Aparece um macarrão com queijo ou lasanha ou é um pacote que papai abre pedindo pra eu ficar longe com o braço dele esticado enquanto o outro derrama água muito quente ou já vem tudo pronto da rua. Mamãe passa os dias na poltrona verde com Augusto pregado nos peitos. Perde a cor da cara e fala de um jeito mole como se a língua fosse um biscoito com recheio de cimento. Quando ela me chama pelo nome demora mais do que devia na letra L e sei que sou eu mas espero sempre ela chegar até o fim. Isso deixa a letra A sem paciência. Augusto, ao contrário, ganha o peso que mamãe perde e olha tudo e ama tudo. Ama o pijama e todos os bonecos. Ama a poltrona e a mesa alta na cozinha. Ama a neve caindo atrás do vidro, ama o vidro, deve amar até a sombra.

Agora eu almoço todo dia na vizinha que também me busca na escola e me deixa a tarde toda brincando com os filhos. E à noitinha papai me busca e vejo ele passar um dinheirinho pelo aperto demorado de mão. E me leva pra casa e me dá sopa e me faz escovar os dentes vendo se faço direito e me coloca na cama e eu olho pras figuras do livro da Alice por uma lanterninha. As portas pequenas e as enormes e ela cai lá longe. Aí eu durmo abraçada na Olho Arregalado. Acordo com o livro molhado de xixi e aí a escola, *verb to be*, vizinha, que me pergunta se eu gosto de peixe e fico com medo de dizer que não porque se falar não ela vai me dar peixe mais ainda ou pior: pode me dar uma vaca louca então não digo nada, só sacudo a franja torta e ela continua e de omelete você gosta? Ela não me trata com carinho mas também não trata com carinho os filhos dela e me faz omeletes com queijo e não me obriga a escovar os dentes nem a tomar banho e por isso merece o dinheirinho no final.

 Eu passo a tarde com os príncipes William e Harry e Miss Madeleine fica bebendo um copinho com uma coisa escura na frente da televisão. É sempre o mesmo copo e sempre cheio. Depois do almoço todo mundo sabe o que fazer. William e Harry me levam pro quarto por escadas muito estreitas de carpete marrom-claro que vai escurecendo a cada degrau tipo entrar num buraco só que pra cima e quando chega no quarto William fecha a porta devagarinho porque se fecha rápido a mãe grita lá de baixo por cima das risadas do Mister Bean. Eu odeio hospital mas eles falam a casa é nossa e aqui a gente brinca de hospital e aceito porque o que que eu vou fazer.

William é o mais velho e manda eu deitar no carpete igual morta e me cobre com o cobertor que eles dizem que é o portão da emergência e quem entra só pode sair curado e eles também entram na cabana e a gente fica ali muitíssimas horas com muito pouco ar.

William levanta minha saia e assovia certinho A Pantera Cor-de-Rosa e puxa pra baixo a meia-calça com a calcinha. Fecha o olho você tá desmaiada ele manda com os olhos aguados que tem. Aí segura meus joelhos abertos e sinto um sapo em cada um dos joelhos de tão fria e mole que é a mão e eu sou o médico e você vai ter um filho, Harry é o filho, mas tem filho de olho aberto ou fechado? Pode abrir. Nasce Harry e Harry nasce rindo com a cabeça entre minhas pernas cheias de dobrinhas e tá errado Harry, tem que chorar e Harry chora alto e William dá um tapa na cabeça dele que é pra chorar baixo, agora mama Harry e eu sei o que é mamar, mamar é mostrar o peito mas friagem no peito faz mal eu falo e ele diz que tudo bem então mama embaixo Harry e Harry agora lambe o que só vai ter nome quando for peludo. Só que parece que eu tô comendo escondida um chocolate muito caro que papai comprou pra dar de presente pra mamãe no aniversário dela igual àquela vez que foi muito gostoso mas depois ele deu uma bronca bem comprida que deu dor de barriga e fiquei triste uma semana.

Hoje é dia do balé e tem vez que gosto e tem vez que eu odeio e só queria brincar de boneco no carpete. Uma velha bem velha toca piano pra gente fingir que tá dançando. Ela olha a folha por cima duns óculos grossos que pra quê se olha por cima. Minha barriga estica o colã e dá pra ver de fora o furinho do umbigo que fica por cima da saia cor-de-rosa e transparente que eu não entendo o motivo. A meia-calça é rosa e a sapatilha rosa tudo igual e também a faixa que aperta a testa deixando minha cara mais redonda. Eu fico feia no balé. As meninas que ficam bonitas acertam os passos. Tem umas que têm os ossos pontudos nos ombros e meu ombro parece que nem tem, faz uma curva emendando já no braço. Tento prestar muita muita atenção mas quando eu vejo tô pensando que viro uma cantora e faço um show usando só colã sem meia-calça e de cabelo solto onde danço de verdade e aí eu erro muito. Não consigo nunca abrir a perna igual a elas no chão, fico sempre mais pra cima meio torcida com a barriga pendurada, e quando tem que decorar e depois fazer eu fico atrás de todo mundo fingindo e esperando acabar olhando muito pro relógio. É uma hora inteira de aula e eu olho tanto que o piano mistura no ponteiro e tem dia que só demora demais, tipo hoje. Dá tempo de pensar em muita coisa. A velha um dia pode cair dura em cima do piano aí vai fazer um barulhão e nunca mais vai ter aula porque a velha vai ser enterrada dentro do piano e piano é muito caro. A professora tá agora perguntando quem aqui gosta de refrigerante. Levanto a mão bem alto e na ponta do pé eu sinto muita falta de guaraná e tenho certeza que é tudo uma surpresa e que tudo vai valer a pena porque o bebedouro ali do corredor tá cheinho de guaraná e logo logo a gente vai poder fazer fila pra tomar e eu sempre chego por último mas tudo bem porque o bebedouro é grande e vai ter muito. Aí ela diz que não pode mais tomar, nunca mais, na vida inteira, que engorda, que bailarina só pode tomar água. A velha do piano ri tanto que engasga. Engasga tanto que a professora grita alguém vai pegar água. Mas a gente tá com a bunda dura segurando a barra e vai ela mesma correndo e a gente ri no mudo.

Eu tô dormindo não tô ouvindo lalala não tô escutando você tem que controlar o seu peru que eu vi você cochichando no ouvido dela o que você tava dizendo, Araújo? Tava perguntando da Lina se ela tem dado trabalho. E qual foi a resposta que aquela bêbada te deu, Araújo? Ela não é bêbada sempre. E como é que você sabe, Araújo? Me conta? Como é que você sabe? Me conta, Araújo. Me conta. Como é que você sabe?

É domingo que é o dia de eu ficar bem quietinha, o dia do shhh do dedo na boca de não tossir. Eles tão na sala de pé e sem piscar porque a tevê tá mostrando uma coisa importante, meu Deus, fala mamãe. Eu corro pra ver Deus que nunca vi e deve ser horrível porque papai fecha a porta que não é pra eu olhar. A porta tem uns arranhados que parecem um caminho que sigo no dedinho lalari ai, uma farpa. Tem gente que fala ferpa. Vou pro quarto então ralar meu joelho no carpete onde eu tenho agora um caderno tão bonito com uma luazona na capa e desenho um etê sem nariz e parece um fantasma triste. Fantasma é alguém coberto de lençol. Lençol é o que molha de noite e lava de manhã. Manhã é frio, uniforme frio. Uniforme é roupa de sujar mas não pode sujar. Sujo é o lado de dentro: o chão, o dinheiro e o lixo. Lixo é onde joga o fedido. Fedido é peixe morto e pimentão. Peixe não deve sentir frio porque senão era uma vida muito triste. Só quando sai da água. Aí volta, ou morre. Sufocado. Sufocar eu não sei me esgano pra saber. Aperto aperto dizendo a letra A até ela ficar bem estranha e paro porque hoje é o dia do silêncio. E também se eu posso parar não vai dar nunca pra ver como é. Ver é jogar luz. Luz é interruptor. Interruptor é o que eu apertei quando papai trocava a lâmpada no escuro aí ele tomou um choque e balançou a escada e me olhou lá de cima e berrou você quer me matar? Eu não tinha nunca pensado em te matar, papai, mas agora eu penso muito nisso se quero te matar. Eu achei que só queria ajudar porque você tava no escuro e devia tá difícil ver os fios ali mas aí você falou isso e agora eu não sei mais, vou pensar. Pensar é trazer as coisas pra cabeça até ela ficar bem cheia de coisa. Ou quando fica de castigo. Cabeça é a parte mais pesada do corpo. Castigo é ficar um tempão pensando fazendo cara de triste. A cabeça é também a parte que não come do bicho. Bicho é quem tem rabo. No restaurante chinês chegou uma cabeça de frango espetada num palito. O garçom ofereceu pro papai e mamãe disse não, Araújo, gritando pelo amor de Deus vai quebrar um dente, Araújo, nesse bico. Bico é boca dura e Deus é quem tá sempre olhando tudo e eu não sei como ele faz isso, acho chato ele ver a gente no banho mas no hospital ele não vê.

Miss Madeleine fez um batatão cortado no meio com queijo saindo dentro numa linguinha e William ficou rindo muito olhando pra batata aberta e ninguém entendeu nem o Harry aí Harry ficou triste e chorou porque queria entender e William falou que não dava pra explicar e os dois ficaram brigando e Miss Madeleine nem ligava ela só bebia seu copinho. Raspei o prato e se fosse na minha casa eu lambia mas sei que é falta de educação fazer isso na casa dos outros mas deu muita vontade e Miss Madeleine tirou meu prato e já tacou ele numa bacia de água suja e deu muita pena porque tinha ainda um caldinho. William saiu andando e subindo e Harry foi atrás de cabeça baixa ainda bravo e eu atrás do Harry lambendo beiço de queijo. Porta fechada. Minha barriga tá cheia de batata. Tira a roupa e eu não, Deus vai ver, Deus nem existe William grita vermelho. Existe e aparece na tevê. Tiro a meia-calça vendo Deus no canto do quarto sentado numa cadeira de palha com a mão no queixo olhando minhas pernas gordinhas. Tiro o vestido com o adesivo de eu não falo com estranhos e Deus deixa o pescoço cair pro lado pra ver melhor. Deixo o vestido preso na cabeça por mais tempo pra Deus não ver tanto minha cara. Demoro tanto que William puxa ele de cima duma vez. A calcinha, ele aponta. É melhor Deus ver minha bunda ou o pelado da frente? Melhor esconder a bunda e me abaixo e cubro na mão e Deus já viu e agora já foi. William ajoelha e manda Harry vir e ajoelhar e ele belisca meu gordinho e aponta e diz tá vendo, Harry, batata. Onde? Aqui, olha, é igual mas Harry não entende nem eu e William fica bravo e pega o cobertor e cobre a gente. Hoje é dia de fazer vários exames no hospital pra ver se eu não tô com a vaca louca. Tem exame de fundura de umbigo, de quanto a pele do calcanhar estica e qual bico do peitinho é o maior e a pele mole no gordinho William pega no dedo fingindo que segura uma lupa pra ver melhor. Harry me dá umas mordidinhas como os cachorrinhos bem filhotes. Faz cócegas. Eu rio. A gente tá suando muito meu cabelo tá todo grudado na cara. Aí a brincadeira acaba porque ninguém sabe como continuar. Coloco o vestido ao contrário e fico vendo as argolas voando no *aquaplay*. William vai quebrar esse botão.

Eu tô de castigo. Um mês sem olhar a televisão. Aí eu peguei todos os bonecos e espalhei no quarto e fiz duas cidades, a Cidade dos Bonecos Duros e a Cidade dos Bonecos Moles. Nos Bonecos Duros tão Olho Arregalado e Elefante. Nos Moles tão a Boneca Cenoura, Pantera Cor-de-Rosa e Ursinho Carinhoso. Entre as duas cidades só podem circular os Poneys porque são moles e duros ao mesmo tempo e por isso correm melhor. O Elefante tem medo da Pantera mas a Pantera quer namorar o Elefante. Chama o Poney Pink e pede pra levar o bilhete: Elefante, você é duro, eu sou mole, quem sabe juntos não viramos um Poney. E o Poney pocotó pocotó. Elefante lê, faz careta e assusta e relincha igual um cavalo e levanta a trombona bem alto e lá de cima vem voando uma Cegonha e puxa o Elefante pela tromba e ele grita socorro socorro mas ninguém tá escutando, aqui em cima só eu que não tô na história e a Cegonha começa a achar ele chato e devolve ele pro chão bem na frente da Pantera que pula no banco. Ela coça o olho e coçar o olho faz mal mas ela coça mais ainda porque não tá acreditando na sorte que tem e Elefante tenta correr mas a Pantera em outro pulo que ela pula muito alto cai na frente dele e na cara dela sorriso é muito parecido com rosnado. Elefante vai andando pra trás e tan tan tan tan tan tan e ele chega na margem dum rio, ele sabe que se cair afunda, é enorme, não sabe nadar, vai pro chão do rio igual uma bigorna do Papa-léguas e a Pantera chega mais perto e mais perto e Elefante treme e ela sente o cheiro no pescoço dele bem devagarinho e dá uma lambida que é o jeito dela de beijar ele pensa torcendo pra ser só o jeito dela de beijar mas aí ela arranca no canino a orelha inteira dele e o sangue é uma espuma cinza e ele chora por um mês inteirinho.

Papai não veio me buscar. Acho que é porque ele ainda tá bravo com aquilo lá que eu fiz. Miss Madeleine desligou a televisão pra falar no telefone e o silêncio é sempre nossa hora de colocar a roupa e nessa hora eles nunca me ajudam como na hora de tirar. Mas sempre dá tempo e sempre tem um lego jogado no chão e a gente finge montar um castelo onde eu sou a princesa. Miss Madeleine nunca repara que o lego tá sempre na mesma posição e pode ser um combinado pra que a gente não repare no seu copo que tá sempre cheio. Lina, seu papai hoje não pode te buscar, você vai dormir aqui com os meninos e me dá uma sopa e não me dá banho e William faz uma voz de criança que ele nunca faz comigo só com a mãe dele e pede por favor, mãe, por favor, pra gente dormir nós três na camona dela e ela dormir na caminha de criança. Ela dá um golinho no negócio escuro dela que pode ser da mesma coisa que faz a sombra da mamãe mas no caso dela vem nesse copinho e ela diz tá bem e sorri e William abraça ela e dá beijo nela e deixa ela feliz e ela me coloca num camisetão do William com uma bermudinha do Harry e me dá um beijo na testa e em cada um deles enquanto eles já tiram minha bermudinha com os pés embaixo do cobertor. Parem de se mexer a mãe deles diz e fala pra gente dormir bem quietinho e apaga a luz e sai mas eu sei que a gente só vai dormir depois que eles enfiarem a pontinha de cada dedo em cada um dos meus buraquinhos e dizendo juntos cada nome que Harry ainda tá aprendendo, *pinkie ring finger middle finger index thumb*, e depois tudo de novo quatro vezes. E a lanterninha e a pelinha alisada como um coelhinho. Às vezes dói um pouquinho e às vezes é muito gostoso e às vezes eu solto um barulho de susto e eles tapam minha boca com dedos com o cheiro do meu lado de dentro e agora depois do terceiro barulho eles colocam na minha boca um pé de meia enrolado em bolotinha. Um dedo agora acabou de voltar com um sanguinho e se fosse deles ia ser azul mas como é meu é vermelho igual mercúrio e aí é como se Miss Madeleine chegasse no quarto e cada um corre pra colocar o pijama e fingir dormir até dormir.

Ontem papai ajoelhou e os dois joelhos estalaram muito alto e me falou essa vai ser uma viagem rápida só pra mamãe descansar. Tenta não pedir muita coisa pra ela, combinado? Não quis dizer combinado de volta porque eu não gosto de repetir as coisas mas eu tive que dizer porque senão ele ia ficar ajoelhado ali pra sempre e aquilo tava me dando aflição.

A gente tá cruzando o Canal da Mancha e eu não entendi esse nome mas também não pergunto se é mancha de vermelho de poste no náilon ou se é sombra na testa ou se é outro tipo de mancha. O lado de dentro da balsa é uma sala de espera de banco ou de hospital e eu olho pela janela e parece que é um submarino de tão altas que as ondas vão. Sempre quis entrar num submarino e olhar por aquele caninho que parece uma cobrinha do mar que dá pra ver lá fora, no Pica-Pau tem. Papai vomitou até desmaiar, eu já vomitei dois saquinhos de papel e mamãe lê uma revista e Augusto dorme agarrado no Elefante sem orelha. Esperar passar, que nem os comerciais.

No ônibus as pessoas cantam e mamãe senta com papai e Augusto no colo e eu tenho que sentar do lado de um menino que não conheço. Ele dorme no meu ombro e a cabeça dele pesa muito e não sei como tirar e por isso acho melhor fingir que tô dormindo também com a cabeça na janela. Quem olhar de fora vai achar que a gente tá namorando. Aí eu tenho que empurrar o menino porque vomito de novo e ele agora sente muito nojo de mim e foi ficar de pé andando no corredor e eu escuto a mãe dele mandando ele sentar e ele respondendo que a menina do meu lado não para de vomitar e tem o dente muito torto.

Um homem avisa no grito que a gente chegou. Desço as escadas dando a mão pra alguém que eu não sei quem é e faz um sol que não vejo nunca e as paredes das casas são coloridas. Ando olhando muito pra cima com os olhos espremidos e as pessoas dizem que rico pro Augusto. Às vezes eu tropeço e mamãe me manda olhar pro chão mas no chão não tem nada pra ver e pro céu é tanta coisa, as calcinhas frouxas com furinhos, as bandeirinhas.

A gente tá numa fileira bem longe da areia mas dá pra ver os bichos muito pretos e fortes saindo das portinhas que abrem num estalo e correndo com os olhos de baixo pra cima. O céu parece pintado numa tinta azul-royal. Um magrinho de roupa colorida e brilhosa abana um panão vermelho. As lantejoulas do casaco piscam quando o sol bate nelas e o sol bate sempre. A sobrancelha dele é muito grossa e desenhada num pincel. O bigode é igual. Um queixo forte, de caixa. Ele começa a andar com o panão vermelho agitado dum braço e o outro dobrado nas costas. Dobro o meu pra ver se consigo fazer igual. Consigo. O touro vem e dá muito medo ele enfiar aquele chifre todo no homem que faz um passo do balé o *glissade* pro lado e o touro passa embaixo do pano vermelho como se fugisse dum teatrinho. Todo mundo grita olé. Eu grito olé e mamãe também e papai olha feliz pra mamãe gritando olé e ele também grita olé. Augusto dorme. Não consigo mais sentar e dou pulos no meu tênis que pisca rosa e azul. Devo tá bem feia pelas caretas que eu tô fazendo mas é muito legal gritar olé. O touro tá muito bravo e o homem não tem medo nenhum, eu já tinha saído correndo, não, tinha me enterrado nessa areia porque não ia conseguir pular a gradinha. A gente vai gritando cada vez mais rápido. Meu coração tá batendo muito forte. Eles rodam e fazem *rondejã*, *padeburrê*, *padechá*, então é pra isso que serve o balé além de pular poça, podia ter até a velha do piano ali no canto. O homem colorido pegou não vi de onde umas lanças com fitas amarelas. Tá desfilando e o vento sacudindo elas e todo mundo de pé aplaudindo será que já acabou. Não. O touro vem de novo pro vermelho. Mão na boca. O homem colorido levanta o pano e o touro sai do pano com as fitinhas balançando no pescoço. As fitinhas balançando ele tremelicando. A fileira é longe mas dá pra ver mas enfiaram mesmo nele aquela faca deixa sua mãe se divertir mas enfiaram? Tô percebendo minha careta e tô parando de pular e de dizer olé e tá escorrendo sangue do pescoço dele e papai passa a mão no meu cabelo e diz que é tudo brincadeira. O touro tá mais bravo ainda. Outra lança e outra e são umas seis ou sete delas furando ele pelas costas igual velinha acesa num bolo. Pisco no olho e no tênis tô sentada eu seguro o choro no dente torto que papai e mamãe ainda gritam olé. Eu quero que o touro ponha duas patas pretas no peito idiota desse homem idiota e que ele caia na areia duro de medo e que faça xixi por essa roupa brilhante e todo mundo vai ver a calça mijada dele e que o touro fique só fazendo cosquinha nele com esse chifre e ele mijando sem parar e a areia vai virando uma lama e ele afunda pra sempre na areia movediça. O touro começa a bambear e dá coices no ar quase engraçados que a plateia ri e bate palma tipo num aniversário. Aí ele fica louco, e tomba. Dá pra ver que a raiva passa e entra outra coisa no lugar. E o homem colorido vem agora num cavalo com uma espada sem fita e mais longa e eu não acredito que vai fazer isso mas ele faz. A espada entra bem devagar com as palmas da plateia subindo até o talo no peito muito preto e enorme que uma hora para de subir e de descer como a balsa no Canal da Mancha. Mamãe vem pra minha altura e diz que o touro agora vai descansar, tomar suquinho. Não sei se ela lembra que já falou isso.

Na tevê muita gente bate num muro com uns martelinhos. Outros pulam e tem duas mulheres sentadas em cima dele conversando com um copo em cada mão. É de noite e esse muro tá caindo. A gente come uns sanduíches de presunto enquanto ele cai. Eu não quero perguntar por que que ele tá caindo porque papai vai dar uma explicação enorme e vai mandar eu decorar um montão de coisa. Não quero meu presunto e dou pro papai que enfia no pão dele sem tirar o olho da tevê. É aqui perto ele diz. Olho na janela mas não acho. Quero ver o muro e ele fala que não dá dessa vez mas ele tá caindo e não vai dar pra ver nunca mais. Dá pra ver aí ó na televisão e aí papai lembra que eu ainda tô de castigo e desliga. Eu achei que ele tinha esquecido isso já.

Papai, pra que que a gente veio aqui mesmo?

Pra mamãe descansar.

Tomar suquinho?

Na banheira do hotel eu brinco de peixinho até assar a barriga. Eu canto *swimming swimming swimming in the water* mais rápido e mais rápido e a água esparramando no chão e a barriga raspando o fundo que parece nosso carpete. Aí eu quero tirar a tampinha do ralo. Aí a tampa some na correnteza. Aí meus dedos entram no buraco e ficam presos porque não são mais tão finos e são cinco. Eu sei que não consigo gritar então nem tento. Só deixo o ombro duro pra se sugar mais forte eu não ir junto. Mas acho que eu parava na cabeça, minha cabeça é grande. Se bem que já passei inteira pelo buraquinho da mamãe. Tá começando a dar câimbra. Augusto berra de assadura, eu conheço, é o berro mais ardido. Mamãe entra no banheiro e vem buscar a pomada na pia e me vê. Araújo, ela grita. Papai entra e deixa a lata de sprite na pia enquanto me manda fechar a mão o máximo que eu consigo. Segura minha barriga e diz um dois três e me puxa e eu saio e meu cabelo gruda na cara e não vejo como tá a cara deles. Papai me enrola na toalha e mamãe manda eu deitar na cama perto de Augusto e passa pomada na bunda dele e na minha mão e na barriga também que assou de nadar.

O mar também morreu, na volta ninguém vomita.

Entrou na escola outra menina brasileira, o nome dela é Janaína. Eles têm muita dificuldade em colocar o A no final, fica sempre esquisito com a boca aberta demais. Ela fala menos ainda do que eu porque acabou de chegar. Mr. Andrews pergunta de onde ela é e ela não entende e eu chego perto e digo é do Brasil. Brasil, não, ela me olha fala pra ele que é da Bahia vai fala fala e eu falo e o professor fala que ela parece muito mais brasileira do que eu e não sei se isso é bom ou ruim e ele manda ela sentar comigo e a gente tem que fazer uns exercícios de somar e eu não entendo nada, pra mim número é uma coisa inventada e aí Janaína pega o estojo muito gordo dela e separa uns lápis em dois montinhos e manda eu contar cada um. Um dois três. Um dois três quatro cinco. Aí ela mistura os dois montinhos e eu falo não faz isso como é que eu vou saber agora qual é qual e ela fala pra eu contar tudo junto. Um dois e tal e oito e isso e ela bate palma com as trancinhas pulando na cabeça. Mr. Andrews chega perto e manda a gente falar *in English please* e vira de costas com seu colete xadrez em cima da camisa amarela e Janaína faz uma careta tão engraçada, ela fica vesguinha e eu não aguento ficar séria e rio com as mãos sacudindo e derrubo os lápis todos no chão e a gente ri muito e se ajoelha pra pegar e bate a cabeça na mesa e ri de novo e até dói a barriga e agora tamo as duas de castigo no canto da sala. Janaína pergunta bem devagar sussurrando bem quente no ouvido quantos amigos eu já tenho. Olho bem pra minha mão e dobro três dedos, sobram dois, William e Harry. Não vamos poder tomar o leite nem sair pro recreio. Eu acho bom porque todo dia chega um carrinho com os vidrinhos batendo trim trim trim e eu fico achando que tem vaca louca no leite se o leite é da vaca e se a vaca tá louca. Se bem que Augusto não fica triste nunca.

Papai tá me levando no teatro. Tá levando João e Maria, ele fala assim, tá levando, e levar é tipo carregar um negócio. Negócio é coisa sem nome. Nome é o que a gente aprende a escrever. Escrever é desenhar o nome numa folha. Meu nome é tudo linha reta. Folha é lasca reta de árvore. Árvore é poste que arranha a cara quando a gente abraça. Abraço é colocar no meio. Meio eu não sei. Papai, é melhor parecer brasileira ou é melhor não parecer brasileira? Depende. Como assim depende? É melhor em uma situação e pior em outra. Como assim? Shhh vai começar e começa e João e Maria são dois irmãos muito bagunceiros que ficam andando na floresta procurando o que comer porque eles passam muita fome. Eu só passei fome uma vez quando mamãe caiu na rua e papai teve que ir lá levantar ela e me deixou na casa de Miss Madeleine quando eles já tinham almoçado e eu não. Aí debaixo do cobertor minha barriga ficou fazendo barulho de urso e os príncipes riram de mim. Fome é fazer barulho dentro e alguém rir de você. Barulho é coisa que todo mundo escuta. Mentira, tem gente que não escuta. Aí eles tavam com tanta fome e saíram andando mas eles falaram e se a gente se perder aí decidiram picar um pão velho que eles tinham pra marcar o caminho mas essa ideia é muito ruim porque não comeram logo esse pão se tavam com fome? Aí os passarinhos que não são bobos comeram as migalhas e eles ficaram lá e escureceu e tiveram que dormir sozinhos na floresta. É uma história de terror, imagina os barulhos dos bichos, os bicos duros chegando perto e cutucando a cabeça, as minhocas saindo de dentro daquela terra toda que tem dentro de floresta e subindo mole dentro da nossa roupa geladinha e meio molhada, e cobra, e leão. Aí amanhece e eles tão ainda vivos e muito perdidos e andam andam e chegam numa casa de doce. Aí eles fazem errado porque é errado comer a casa dos outros. Mas eles tão com muita fome. Comem lá uma janela e a bruxa vê. E chama eles pra dentro oferecendo um montão de doce e prende eles numa jaula e fica dando comida pra eles ficarem bem gordinhos porque ela vai comer eles depois. Eu acho que nunca mais vou dormir depois desse teatro. Aí ela pede o dedinho deles pelo buraquinho da grade pra ver se tão engordando mesmo e eles tão engordando mesmo porque tão aproveitando pra comer mas não querem ser comidos e como ela não enxerga direito eles colocam um gravetinho bem fininho pra ela pegar e aí ela acha que eles tão sempre magrinhos. Aí não entendi como eles saem da jaula, acho que ela perde a paciência e tira eles pra comer e eles empurram ela dentro do forno aceso cheio de fogo que é onde os irmãos iam virar churrasquinho, aí eles empurram ela pelo bundão e ela grita muito mesmo e cai e morre queimada e deve ser horrível morrer assim. Deve ser engraçado também. Porque todo mundo tá rindo no teatro, rindo alto e com a boca aberta, muita gente banguela, banguela é quem caiu o dente, rindo e apontando banguela, aí eu rio e aponto também. E aí eles comem a casa inteira e ficam muito felizes e a mãe deles finalmente acorda do cochilo e vai procurar e fica feliz com todo aquele doce e eles ficam comendo pra sempre. Sempre é o que não morre. O que morre é o que acaba. Cochilo acaba o dia no meio. Se eu quisesse muito matar papai não ia ser acendendo a luz como ele falou, ia ser jogando ele num forno igual a bruxa. Ele deve saber disso porque ele agora tá bem sério olhando o teatro. Ou veneno. Veneno é um negócio de beber que mata.

Lá em cima do piano tinha um copo de veneno quem bebeu morreu o azar foi seu. Mas aí tem que ter o piano e a gente não tem. Eu queria ter um piano porque eu preferia ser a velha que toca balé do que quem finge que dança balé. É tudo chato mas a velha pelo menos fica sentada. Depois que ela quase morreu engasgada ela deixa sempre um copo de água ali em cima. Se eu soubesse onde compra veneno eu jogava veneno porque aí ela tomava e morria e não ia mais ter aula de balé. E ela é muito chata nem dá oi. Chega. Senta. Toca. Quando a gente erra Miss Margareth bate um cabo de vassoura no chão bem forte e a velha para na hora o piano sem escapar nem um fio de piano depois. Acho que o barulho do chão chega antes aí ela já para igual cobra, nem assusta, eu assusto sempre porque tô sempre pensando em outra coisa. Eu faço os trinta *pliês* segurando a barra enferrujada que deixa a mão laranja porque eu suo muito. E fico dobrando e esticando os joelhos e penso em várias coisas. Em como eu queria quebrar a perna. Podia ser atropelada por gente bem rica que me pega no colo e leva pro hospital. Ou por um caminhão da Harrods com um monte de urso e chocolate dentro aí eles me dão metade porque me atropelaram. Aí eu fico no hospital com aqueles negócios que deixam a perna levantada igual um poste e você fica lá vendo um monte de televisão. Um mês, ou seis, depende. Mas se bem que eu odeio hospital. Miss Margareth cutuca minha bunda com a ponta do cabo de vassoura. Isso significa que eu devo encolher a bunda até quase ela sumir. Eu sou a mais bunduda da classe, *the Brazilian*. Aí ela cutuca minha barriga o que significa que eu tenho que encolher até o umbigo colar nas costas ela diz mas nunca cola. Nem nunca vai colar. Só se eu comer um monte de cola. Aí por último ela encosta no meu queixo pra ele ficar mais alto. Ela nunca encosta forte mas dá medo mesmo assim. Ela gosta que a gente faça um coque dividindo o cabelo no meio e cobrindo as orelhas e o coque bem baixo eu acho feio. Fico com a cara mais redonda ainda e a orelha fica suando muito embaixo do cabelo. É como se tivesse um chuveiro na cabeça e dá vergonha porque as outras meninas não suam nem uma gotinha. A meia-calça quando cola na pele é nojento. Meia-calça combina só com ficar parada em casamento. É que ninguém mais sua fazendo balé, só eu. Tem gente até que toma banho antes da aula e eu sempre tenho que tomar depois. Por que você não sorri Miss Margareth fala e elogia quem dança sorrindo. Mas como é que sorri quando pula sem ficar com cara de maluca? Mas mamãe quando falava ela falava que eu danço bonito.

Quando olho a sombra parece que eu sou da altura dela, que meu olho vai reto dentro dela. Meia-calça preta tule de viúva blush mosquiteiro óculos de sol. Não sei se papai vê e não pergunto, papai, você vê a mancha na testa da mamãe porque eu acho que ele não vê e pode ficar triste de não poder ver como eu vejo e se ele por acaso reparar vai dizer que é só uma sombrinha daquele jeito mentiroso que eles dizem as coisas quando não querem explicar e não quero escutar isso porque eu já sei que tem uma sombra ali que pode se mexer e por isso eu pergunto pro Augusto se ele vê e ele gargareja a própria baba e não dá pra saber ainda se isso é sim ou se é não ou se é ele se afogando e se salvando ao mesmo tempo. Eu tô com muito sono. Muito mesmo. Aí eu começo a pensar deitado. Nossa casa é velha, escura, chão de carpete manchado, meio verde meio marrom como um jardim bem malcuidado com a grama cortada até um ponto e o cortador quebrou e nunca consertaram é assim o chão da nossa casa mas, mamãe, por que é assim horrível esse chão é que é uma casa da guerra, e o que é isso, mamãe, a guerra, é que na guerra era tudo mais escuro porque os soldados tinham que se esconder e aí tem o porão que é uma casa igualzinha mas embaixo da terra escura molhada um pouco suja uma casa igualzinha mas sem janela, o teto baixo assim. Eu desci lá uma vez e não lembro da porta se era porta ou corredor, lembro de papai tirando as tripas dum animal eu lembro mesmo dum macaco com rosto de macacão e metade do corpo sem o pelo só o osso, osso a osso e o rosto ainda lá, olhos abertos babuínos quase quase de gente e eu tô lá, mas também não tô. Janaína é muito mais bonita do que eu, quando eu rio saltam do lado dos meus olhos uns contornos de caveira e por isso eu não rio mais, por isso e pelos dentes tortos. Eu ganho muito mais sendo séria e quieta e pensando no que digo ao contrário de dizer. Janaína não tem que fazer balé e por isso ela é feliz. O casaco de náilon desaparece no gelo mas em outro lugar aparece demais tipo se um dia eu precisar me enterrar me cobrir de terra na margem dum rio ou numa tourada. Os Goonies são muito corajosos. Tem aquele gigante que adora chocolate e ele dá medo porque ele é muito grande e também porque cada olho é numa altura aí a gente nunca tá olhando ele inteiro. Eu tava com o casaco branco de náilon quando eu fui até o porão. Se me perdesse é assim que alguém me achava. E achava que a luz vinha dos olhos e não das coisas porque os olhos são vivos e as coisas não são vivas e quando alguém morre é quando apaga a luz e achei que ia sair um raio do meu olho e ia dar pra ver pelo menos no chão um tatu. Ainda bem que eu levei a caneta que tem lanterninha na ponta e a luz é tão fraquinha mas vi uma formiga com pressa na parede e nem olhei demais porque fiquei com medo de ver aranha com pressa eu só não queria tropeçar quebrar o dente eu tenho muito medo de quebrar dente porque ele nasce depois cai, nasce de novo cai, me contaram que é assim é horrível.

Janaína tem uns olhões enormes muito escuros. Parece que tão sempre rindo mas aí eu olho a boca e a boca nem tá rindo. Quero ser igual à Janaína. Falamos alto em português e comemos de boca aberta e passamos pincéis com tinta pelas cartolinas enroladas no armário e rimos dos meninos de cara esticada pra cima e do jeito que falam e do vermelho nas bochechas deles quando ficam bravos com a gente. Com Janaína eu brinco de esconde-esconde e perco o horário de voltar pra sala e ontem foi me buscar uma senhora de saia e colete que eu não sei o nome, miss Lina miss Lina, eu não entendo esse jeito de falar sempre colocando mais letra no nome, pra quê aumentar o que tem que dizer. É tão chato falar. Com a Janaína menos. Janaína tem uma doença na cabeça que deixa ela ou muito atenta ou nem um pouco atenta. E se ela tem eu também tenho porque eu faço tudo igual e encosto muito nela e já peguei. Chegam bilhetinhos pra mamãe que ela mostra pedindo pra eu me comportar melhor. Isso é sempre de noite quando papai me traz da casa de Miss Madeleine. Mamãe espera na poltrona verde com Augusto num braço e o papel na outra mão de olhos abertos mas fechados e virados pra tevê. Meu castigo é esticado por mais um mês. Não vejo problema nenhum porque na tevê só passa coisa estranha e na escola eu sempre tenho a Janaína. A gente agora é JanaLina.

Harry dorme e William me mostra a caixa nova de lápis que ele ganhou no aniversário. Ele diz que são sessenta lápis com cores que eu nunca vi algumas até cintilantes. Eu odeio essa palavra cintilante mas gosto do que o cintilante é. Ele manda eu escolher um. É tão difícil porque tem o rosa que é o que mais gosto mas tenho vergonha de falar e acabo pegando o azul com bolinhas pequenininhas de brilhante e esfrego na mão como um gravetinho pra fazer fogo e as bolinhas prateadas brilham e parece um céu. É *watercolour* ele diz e *water* é água e *colour* é cor e o que isso quer dizer não sei e ele diz pra eu ficar de pé e assoviando A Pantera Cor-de-Rosa vai tirando a meia-calça branca grossa, o vestido, tudo, até a calcinha ele tira e seguro no ombro dele senão eu caio e quebro o dente e ele assim abaixado parece mais um príncipe. Mas quando olha pra cima é o mesmo olho aguado com olheira e já não é. Príncipe de verdade não tem olheira. Tem ombreira. Ele coloca do meu lado a caixa enorme. Ele pega o azul que eu escolho e lambe a pontinha do grafite e entre meus dois olhos faz um risco que eu assusto porque lembra o mascarado do hospital de verdade jogando luz. Ele continua riscando meu nariz e a boca o queixo o pescoço, secou, lambe de novo, peito barriga lambe de novo a pontinha, umbigo embaixo do umbigo e chega onde é sempre molhado e abaixa a cabeça pra ver bem até onde o lápis alcança. Vira de costas eu viro e o lápis azul me divide até o pescoço nesse para e continua que dá frio e dá calor. Harry acorda e fica um tempo com a franja armada a boca aberta me olhando partida em dois. Escolhe um lado William fala pro Harry e Harry vem me olhar e William olha também e minha franja faz um rodamoinho e fica levantada pra esquerda o que deixa minha cara mais feia desse lado e William com certeza repara nisso e escolhe o direito e diz pra Harry que ele fica com o esquerdo e Harry lambe a pontinha dum lápis vermelho e começa a riscar nas minhas costas. William me risca na barriga direita e eles fazem de levinho e os lápis fazem cosquinha só às vezes que arranha quando a ponta tá bicuda. Tá esquisito tá gostoso. Eles pintam moranguinhos no meu pescoço. Harry faz um nariz vermelho de coelho ou de palhaço. Cada peitinho vira um sol. Umbigo é a boca de alguém de boca aberta. Na perna eu não vejo o que eles fazem. Na bunda eu imagino o mar de onda onda onda onda onda. Miss Madeleine vem subindo com seu copinho a gente escuta o passo dela na escada. Eu corro pra meter a meia-calça que sobe justa e o vestido verde. Miss Madeleine entra e assusta e sai e volta com um algodão molhado e esfrega nele minha cara e a mão. O que que eu vou dizer pro pai dela, seus terroristas? Eles abaixam as cabeças num desculpa mãe beiçudo.

 Entro na sala e mamãe desce os olhos da tevê pras minhas pernas e é aquele olho arregalado igualzinho da boneca de quando eu sumi no lago ou de quando abracei o poste. A meia-calça branca tá toda colorida e ela levanta e ajoelha e pergunta que que é isso e eu falo que era brincadeira de pintar e ela levanta meu vestido e vê a barriga desenhada e fala o que é isso e nisso Augusto berra do berço e ela tem que ir lá ver o que é dessa vez. Vai pro banho Lina e ela desce a cabeça antes de levantar o resto. A sombra na testa dela parece também uma pintura. Dá vontade de passar um dedo com cuspe pra ver se sai. Tem gente que fala guspe. No chuveiro eu esfrego tanto a esponjinha e tudo vira uma grande mancha colorida por tudo e demora tanto pra sair, não aguento mais passar sabonete. Ficam algumas partes ainda azuis outras vermelhas outras de cor sem nome mas já dá pra colocar o pijama.

Mamãe liga pra mãe da Janaína e pergunta se eu posso ir pra lá depois da escola que a vizinha levou os meninos pra visitar o pai mais no meio da cidade. Eu nem acredito corro pela casa cantando uma música nova que acabei de inventar mas não consigo assoviar aí ela é feita de outros jeitos de soltar o ar da boca e são muitíssimos.

Janaína tem no quarto umas fitas coloridas que lembram as fitas que enfiaram no touro. Inventamos uma história em que as bonecas todas fogem por um buraco que Janaína achou no cantinho do banheiro. Elas correm de um grande marinheiro que veio raptar todo mundo pra enfiar numa lagoa de gelo e comer peixe com pimentões a vida inteira e todas elas têm que fugir e correr muito. O marinheiro mau é um jacaré da Janaína mas ele tem cara de bonzinho. Aí eu falo isso e Janaína faz ele morder minha perna e eu não sei por quê, mas sinto a dor de verdade e choro e o pai dela vem e pergunta mas o que foi, docinho? Ele mordeu meu pé e a cara coberta de catarro. Mas calma, Lina, é brincadeira, não é? E me dá um leite morno com canela e mel que tomo rápido e queimo um pouco o céu da boca e fico com soluço.

Eu pergunto se Janaína tem lápis de cor que eu sei duma brincadeira secreta. Tem que fechar a porta do quarto ela fecha. Não sou boa como William nem sei assoviar e nem se é *watercolour* esse lápis. Tenho muita falta de jeito pra tirar a meia--calça dela muito justa e lembro que antes ela tinha que ter escolhido uma cor e saio e volto com a caixa aberta e digo pra ela escolher uma cor mas Janaína não tem a mesma paciência ou talvez seja porque a caixa nem é nova e já é dela e puxa a meia-calça de volta pulando e trocando a perna que pula e pega o estilingue na estante e fala que vai me contar uma coisa. Um dia num parque no Brasil eu matei sem querer um passarinho. Com esse estilingue pergunto e ela diz que não que esse eu nunca usei. Pisei mas foi sem querer no filhotinho. Mas como você sabe que ele já não tava morto? Porque eu vi antes de pisar, ele caiu do ninho. Mas não foi sem querer? Eu não queria. Tentei tirar o rabo dum gato eu falei muito rápido e nem percebi que falei isso quando vi já foi. Como assim? Alguém mandou? Não. Meu pai pisou numa lagartixa e arrancou o rabo dela e eu vi e quase gritei mas não gritei que não consigo e ele disse, calma, que logo nasce outro e ela saiu mesmo correndo pareceu que nem doeu. Aí eu tava no quintal cortando a franja da Olho Arregalado com o tesourão novo e chegou um gato perto e eu quis ver o rabinho dele nascer de novo aí tentei cortar mas cortou só um pouco porque o rabo era grossão. Mas machucou. Papai viu e vomitou, o gato tentava correr e não conseguia, como num sonho, e tô de castigo um mês inteirinho e mamãe não deixa mais eu encostar no Lagarto.

Papai hoje vem me buscar na escola, eu estranho mas fico feliz. Deve ser pra me avisar que acabou o castigo do gato e o do choque e que tô desculpada por querer matar o gato e ele também. Vou correndo até ele e tropeço mas não caio, só quico dois passos pra frente. Aí chamo a Janaína pra ele conhecer e pergunto se ela pode dormir na nossa casa. Papai dá um beijo na cabeça da Janaína e não usa o paletó de sempre com as cotoveleiras fora de lugar, usa moletom e meia e chinelo e ajoelha num estalo e diz a gente tem que voltar pro Brasil. Vejo tanto na tevê as pessoas com caras tão tristes mas eu nunca sei o que fazer no rosto quando alguém me conta alguma coisa. O que fazer, cara de triste ou cara de feliz? E como faz a cara de triste? Tento descobrir o que meu pai tá fazendo. Não consigo e digo tá bem. Você vai passar uma semana com Harry e com William enquanto mamãe e eu arrumamos tudo e aí eu choro de perder o nariz e papai tenta me acalmar dizendo pra eu não ficar triste porque eles vão me visitar no Brasil, meus amiguinhos, e a Janaína também né, Janaína, e Janaína balança a cabeça feliz que ela tem.

Aconteceu muita coisa e não deu tempo de passar na cabeça aí tenho que lembrar. Na última semana eu:
— comi seis omeletes com sete batatas;
— tomei seis sopas de batata;
— tirei a roupa dezesseis vezes;
— tomei dois banhos de banheira, com Harry e com William, eles eram os submarinos e eu era quem mandava que subissem e que descessem e às vezes eu demorei pra decidir;
— vinte dedos seis vezes nos meus buraquinhos, fui contando;
— montei um castelinho de lego e não deixei que eles fossem os príncipes;
— fomos no parque e fez sol e tinha um cachorro do meu tamanho que me olhava e babava muito e passei a mão no nariz dele e eu me vi nos olhões e vi que meus olhos são arregalados como os olhos da Olho Arregalado que tá encaixotada;
— não quis desenhar;
— dormi na casa da Janaína uma vez porque pedi muito pro meu pai. Voltei com ela da escola e a mãe dela fez peixe num caldão rosa e eu fiquei triste de repente. Mas tinha arroz e banana frita e de tarde ela deixou a gente tomar um sorvete assistindo desenho vermelho. Janaína pegou todas as bonecas e contou uma história onde todo mundo fugia da escola e rasgava os uniformes. Aí a gente rasgou as roupas das bonecas e a mãe da Janaína brigou, que era caro. Aí a gente cortou o cabelo das bonecas e um pouco dos nossos e o pai da Janaína ligou pro

meu e eu não fiquei de castigo porque não tem onde me deixar de castigo mas ela ficou;

— perguntei pro William se eu podia colocar um dedo no buraquinho dele e ele disse que não;

— perguntei pro Harry se eu podia colocar um dedo no buraquinho dele e ele disse que sim e arriou a calça;

— percebi que eu devia escolher qual dedo eu ia colocar e coloquei o pai de todos;

— William viu que parecia não doer e disse que agora queria também;

— coloquei um pai de todos em cada príncipe;

— no recreio deram um biscoito muito ruim. Janaína tacou o dela nos meninos e eu taquei o meu também, depois correu muito e morreu de rir. Aí fiquei triste porque eu não ia mais rir assim;

— e aí eu fiz uma coisa horrível. A casa tá com caixas empilhadas até o teto como um labirinto muito emocionante de correr. São muitas colunas porque junto com a nossa mudança tem a mudança de quem tá entrando, uma família da Guiné mamãe falou. Augusto depois do almoço dorme igual touro que tomba. Não acorda nem sacudido. Mamãe dorme também. Eu não porque na casa de Miss Madeleine não durmo nunca eu só finjo. Então ontem papai me deixou ficar ali. Eu corria pelas caixas e pilhas de coisas e me encolhia e esperava alguém me achar mas ninguém nem tentava. Fiz um bu e dei um susto tão grande na mamãe que ela deixou cair o copo de cristal de colocar as rosas e mandou parar com aquilo. Eu decidi que era melhor esconder então o Augusto. Peguei Augusto do berço e ninguém viu. E me espremi pelas costas das caixas e levei ele pro fundo até a porta do porão onde tinha muita coisa. Coloquei ele dentro duma caixa perfeita pra ele caber e apaguei a luz. Mamãe dormia, fui pro quarto e fingi que dormi mas aí eu dormi de verdade. Acordei com um grito muito agudo. Mamãe batia o pulso na parede e se encolhia e batia o pulso de novo e de novo e por alguns segundos e fingindo dormir eu não conseguia saber se o melhor era trazer Augusto de volta ou continuar daquele jeito meio morta. Resolvi que o melhor era trazer Augusto escondido, devolver pro berço e ele ser achado debaixo da coberta e o mistério resolvido. Podia cobrir ele inteiro pra parecer que tava ali o tempo todo mas indo pro berço com ele no colo mamãe entrou no quarto e tomou Augusto e ele nem viu que ainda dormia e ela colocou ele no berço e me olhou com dois olhos e a sombra toda aberta e me deu um tapa na cara que derrubou o dente que já ia molenga. Um sanguinho escorreu do queixo e eu disse que preferia mil e uma vezes o gosto do sangue que o gosto do peixe com os pimentões. E Augusto acordou e berrou ardido e ela desabotoou a blusa enquanto me olhava pela sombra. Eu peguei meu dente no carpete e guardei no bolso do casaco preferido e o dente ficou branco manchado de vermelho igual o náilon.

Miss Madeleine, Harry e William vieram se despedir e eu não quis abraçar os príncipes mas eles quiseram e me deram um beijo em cada bochecha e foi quando percebi que doía. Me olharam com olhos de limonada fraca e eu nunca vou esquecer pelo menos metade de cada rosto esquisito desses, comprido e largo ao mesmo tempo. Meu pai e Miss Madeleine deram um abraço demorado e quando mamãe abaixou pra ajeitar Augusto no carrinho meu pai cheirou o cabelo da Miss Madeleine eu vi e Harry e William também viram isso e também não fizeram nada idiotas como eu. Ela se despediu com um beijo sem estalo no meu cabelo e com mamãe foi um aperto na mão. Aí chegou um carro buzinando alto gente doida mamãe disse e aí pela janela deu pra ver que era Janaína e a mãe dela e ela saiu correndo e me deu um abraço de me apertar muito e eu fiquei sem ar e queria soltar mas ela não soltava e aí eu deixei e ficamos assim até papai dizer que a gente ia perder o avião. Aí a mãe da Janaína tirou da bolsa uma fitinha vermelha e Janaína pegou meu pulso e mandou eu fechar o olho e fazer três pedidos que ela ia dar três nós e que não era pra tirar nunca que era pra fita sair sozinha e aí eu fechei o olho e não conseguia pensar em três coisas que queria e Janaína gritou que um pedido era pra gente se ver de novo e eu falei tá bom pra gente se ver de novo e pra Augusto crescer e ser legal de brincar e pra sombra cair da testa da mamãe.

A aeromoça tem muito gel no cabelo arrastado num coque e um sorriso que ocupa metade do rosto e me oferece caramelos de um cesto que papai proíbe mas quando ele vira pra buscar nossos lugares ela enfia um monte no bolso do meu casaco e eles ficam ali junto com o dente.

Papai pede vinho e quando ele olha pro Augusto eu dou uma golada e me arrependo. É um gosto parecido com o do sangue do dente caído mas quando eu engulo uma limpeza sobe por toda a boca e nariz e cabeça, e papai nina Augusto e eu durmo e às vezes acordo e pisco olhando as estrelas pela janelinha e me vejo refletida como um fantasma no céu. Sonho que papai pinta o teto da nossa casa e cai dum balanço que segura ele e quando ele cai eu acordo pulando na cadeira e durmo de novo e papai pinta o teto e cai de novo. Na última vez que papai cai eu não acordo. Ando até ele e a perna dele tá dobrada ao contrário, como a curupira, ou a ema. Aí vou atrás de mamãe e ela cochila na sala perto da lareira com o Lagarto. Perto dela tem um varal aberto com lençóis e toalhas secando no calor. Tudo balança e as pontas dos panos vão embaralhando no fogo.

Quando acordo de vez tô entre duas camadas de nuvem. Não dá pra saber onde é em cima e onde é embaixo e se os lençóis e toalhas caíram na lareira e mataram a gente no final. O pai do banco de trás fala pra filha do banco de trás na língua igual a nossa que vai tá muito calor na chegada e que com isso pode ser difícil pro avião aterrissar porque a densidade do ar vai tá muito baixa. Eu achava que era aterrizar que falava. Ela pergunta ainda bem o que é densidade e ele explica que mais denso é mais grosso e quanto mais quente menos denso menos grosso mais difícil. Não entendi nada nem ela porque agora ela tá cantando *vogue vogue vogue*. Olho pro lado e todo mundo dorme. Me levanto no braço duro e pulo eles como pedras. No banheiro eu faço xixi enquanto estico o pescoço pra tentar ver no espelho se meu rosto tá vermelho do tapa do vinho ou do fogo do incêndio. O comandante anuncia *welcome to* Brasília e eu escuto a voz da aeromoça que me deu os caramelos rindo pros aeromoços e dizendo na verdade é *welcome to* inferno.

2

Dizem que o solo de Brasília foi trazido de fora mas como que traz um chão inteiro e que era uma terra cheia de ovo de cigarra e é por isso que a cidade tem o som que tem no inverno que é verão com mais cigarra que pessoa. A casca cai na gola do uniforme e elas fazem xixi do alto da árvore na nossa cabeça e papai comprou uma Barsa e achei na Barsa a Magicicada que pode viver até dezessete anos e imagino cigarras mais velhas do que eu e sabendo muito mais. As mães depositam ovo em lasca de árvore e cai no chão e a ninfa quando fica pronta cava seu caminho pra fora da terra e não vejo nada de fácil nessa vida e fico na dúvida se as cigarras algum dia conheceram suas mães, essas que vieram nesse chão.

Mamãe tem que explicar o que quer dizer suicídio porque aparece em todo lugar e não tem vaca louca em Brasília mas o presidente rouba o dinheiro das pessoas. Aproveito e pergunto o que é orgasmo essa palavra esquisita tipo densidade que eu vi na capa duma revista que tinha bem grande a barriga toda encolhida duma mulher com uma pinta preta em cima da boca e ela fala que isso ela explica depois.

Augusto fala tudo o que ele vê tipo elho de joelho, miga de formiga e uma palavra que ninguém sabe se é furto ou vulto que ele fala apontando pro nada e mamãe olha papai com a cara arrepiada e ele fala também muito meu nome repetindo tipo uma sirene.

Mamãe agora fica bastante tempo na mesa da cozinha com uma xícara de chá na mão, nesse calor. A sombra eu acho que ficou lá no frio porque não vejo ela mais, ou derreteu com esse chá todo que ela toma mas de qualquer jeito isso quer dizer que funciona essa fitinha da Janaína.

Papai faz compras e montamos uma cesta de palha e sempre foi meu sonho uma cesta de palha igual à da *Noviça rebelde* com biscoito e refrigerante e uma toalha quadriculada uma toalha novinha, e andamos por uma grama craquelenta de tão seca e sentamos num meião sem sombra e o ar parece mais grosso do que lá. Na foto que eu invento da gente agora o céu tá laranja com lilás e eu uso um vestido rodado com uma fita de cetim na cintura e meu cabelo foi arrumado com bobes.

Augusto é um cabrito da história da Heidy e eu sou a Heidy mas se bem que tenho pai e papai aperta meu nariz fazendo uma figa pra fingir que rouba ele na mão e rouba mesmo e a toalha novinha é usada pra fazer o sangue parar.

Papai e mamãe não têm muitos amigos e eu mesma não tenho também. Eu falo que confundo tudo falando português porque penso em inglês mas é mentira, não lembro uma palavra da língua dos príncipes. Lembro sim, lembro de *poll* que é poste. Uma menina da sala pergunta como fala Estados Unidos e eu respondo Estadius Unidius e ela fica impressionada com a minha inteligência e a professora me pede pra falar qualquer coisa, qualquer coisa em inglês e eu só consigo dizer *poll* e ela não sabe o que é *poll* e não faz o menor sentido pra ninguém e aí lembro de outra frase que eu sei de cor: *I don't talk to strangers*. Agora ela me acha antipática e parou de me pedir pra falar as coisas e parou de me pedir pra falar qualquer coisa aí eu falo bem pouco igual antes e fica tudo normal. Mais ou menos. Porque tem o Danilo que me segue na escola. Lá ninguém nem me olhava. Danilo tem o olho amarelo e muita dificuldade em aprender qualquer coisa e aí a professora me coloca do lado dele pra ensinar já que eu sou tão inteligente que sei tanto até inglês ela fala com uma voz que exagera muito no tão e eu quase não acredito no que ela tá dizendo e no lugar de aprender ele tenta me beijar na bochecha e quando consegue grita pra sala inteira eu beijei a Lina. E todo mundo aponta pra mim e dá risada, todo mundo não, umas cinco pessoas. Acho que ele finge que gosta de mim só pra eu passar mais vergonha ainda. Um dia os meninos empurraram ele na minha direção pra ele cair e passar a mão na minha bunda. Mas tinha um latão de lixo na minha frente e foi ali que ele foi parar quando eu dei um passo pro lado. Os meninos rindo, eu não entendendo, nada, nem o motivo de querer encostar numa bunda que é basicamente uma almofada. Eu volto pra casa e olho do carro os prédios redondos que um dia parece que foram branquíssimos e agora são todos manchados de terra e eu sou tipo um prédio desse quando o Danilo encosta e fico no banho até papai bater na porta e gritar que ele não é dono do aquífero guarani. Eu não entendo e não pergunto porque senão ele vai querer me explicar e eu vou ter que decorar pra sempre e acho que já sei tanta coisa que tá bom já de saber. E também não quero conversar. Aí saio do banho e vou comer sozinha porque como eu ando tomando banho de lavar um prédio todo mundo já almoçou e eu ligo no SBT e nessa hora passa filme de terror e tô comendo purê e vendo uma espuma assassina que entra pelos bueiros e pelas frestinhas das janelas e engole todo mundo.

A ideia era fazer um buraco mas não sei se era ideia mesmo aquilo eu não entendi quando a Estelita falou pras outras meninas mas também não quis parecer tonta de não ter entendido então fui só cavando cada vez mais rápido porque vai que era uma competição pra ver quem chegava mais fundo e o sinal já tava pra bater e cavei tanto que cheguei nuns canos e nem vi o prego que furou minha mão bem no miolo, bem onde cruza a linha da vida com a do amor. Danilo tava me olhando amarelo de longe e veio correndo e tropeçou na areia e caiu de joelho do meu lado e pegou minha mão e ficou branco tipo os prédios de Brasília em outro tempo e a Estelita viu e saiu correndo e gritou pra Irmã Dulce que tava dando as suas voltas no canteiro girando bolinha no terço e arregalou muito o olho quando Estelita gritou o Danilo vai desmaiar o Danilo vai desmaiar! E aí veio Irmã Dulce no passinho todo preso no vestido preto e viu Danilo todo tonto e pediu pro Pedro Gimenez, que é grande porque é repetente, ajudar a carregar ele pra dentro e foi aí que viu as gotas de sangue na areia e ligou os pontos como numa revistinha e viu minha mão furada e ficou toda tonta ela também mas aí apertou o terço e ficou vermelha e o sangue voltou pra cabeça e me levantou duma vez numa força que eu não tava esperando que viesse dela e me levou numa velocidade que também não tava esperando de uma velha embalada e a gente foi meio quicando assim até os tanques a perna dela presa no vestido tipo a gincana do sacão. Irmã Dulce ficou segurando a mão furada um tempão com a torneira aberta ardendo ardendo e ela dizendo que tinha que aguentar pra limpar o buraco. Eu não gritei porque não grito mas chorei baixinho um monte. Tanto sangue tanta água e não vi se dava pra ver do outro lado igual o castiçal que passa pela barriga da mulher no *A morte lhe cai bem* e fiquei muito curiosa tentando ver mas Irmã Dulce não deixava porque só ela queria ver o buraco e ia ser muito legal se desse mesmo pra ver do outro lado porque eu ia passar lápis pelo furo e ia deixar todo mundo com aflição, ia dar oi ia dar tchau dum jeito só meu deixando passar um raio de sol pelo meio ou até chuva, ia usar pra focar a vista quando precisasse ver uma coisa muito pequena ou de pertinho um inseto, por exemplo, ia ser minha lupa e tapar o olho e dar pra ver o olho e as pessoas iam me chamar pra subir no palquinho, e agora com vocês a menina do buraco na mão, da mão de furo um nome assim. E ia juntar gente em volta de mim e eu ia falar umas coisas em inglês e podia até falar de Deus *in God* um milagre mas não foi nada muito fundo e quando casar sara ela fala e dá pra ver que tá decepcionada que eu não sou especial enquanto cola o bandeide que não tem desenho nenhum.

Mamãe, por que o corpo sempre volta pro normal? Não volta, Lina, ah não volta mesmo ela aperta uma toalha na tábua com uma fumacinha saindo do ferro. Mas minha mão voltou, olha, mas isso foi só um machucado mas o que que não volta então? Ter filho, por exemplo, deixa tudo diferente. Mas como você era antes? Eu tinha tudo mais junto e mais duro, ela encolhe de repente a barriga como se fosse aula de balé no susto do cabo batendo no chão e eu lembro que já tive filho também, eu tive o Harry, ele saiu do meio das minhas pernas mas isso é segredo e é verdade muda tudo mesmo eu penso com a mão na barriga sentindo onde mexeu e talvez o umbigo tenha ficado mais fundo eu enfio o dedo e ficou mesmo e mamãe fala que vai demorar muito tempo pra ter filho que nem mulher eu sou ainda. Eu acho que é tudo mentira eu acho que adulto é igual criança mas quando é com criança chama brincadeira e quando é com adulto não chama brincadeira aí é igual só que chato.

De tarefa tem que decorar o credo. Padeceu sob pôncio pilatos a língua do P o que que é pôncio. Desceu à mansão dos mortos como assim morre e fica rico depois? E jurar que acredita na ressurreição da carne é muito nojento, você tá lá almoçando a vaca louca e ela volta costurada. Eu não sei se ninguém percebe isso ou se todo mundo finge que não porque não pode desrespeitar os mais velhos e padre e freira é tudo muito velho e Deus é muito muito velho e aí só pode escutar e imitar igualzinho.

Eu tava quieta achando que a mamãe ia esquecer mas ela não esqueceu aí agora tá me ajudando a colocar a meia-calça rosa e o colã e a saia transparente e o coque baixo cobrindo as orelhas com a faixa esmagando a testa me deixando muito feia eu não entendo. Mas se fosse ajudando mesmo era pra colocar pijama biquíni faz balé você, mamãe, já que gosta de encolher a barriga.

Agora o carro tá esquentando. Agora tem um índio pedindo dinheiro no sinal e mamãe tá tentando fechar o vidro que emperrou. O índio não fala nem se mexe só olha bem fixo nossa cara. Tá calor, mãe, abre. Agora a gente tá cruzando um estradão de prédio mais manchado ainda, tem terra no ar tipo velho oeste aqueles filmes que papai vê que o barulho da bala sai fininho.

Agora eu tô numa salona com espelho e barra e aqui não tem velha do piano nem piano, tem uma velha muito magra tão magra que a boca cai pra baixo deixando a cara dela muito triste igual de palhaço triste perguntando pra mamãe há quanto tempo eu danço quase num assovio como se custasse muito abrir essa boca pesadona e mamãe dizendo ela dança desde sempre então pode colocar direto no intermediário? Pode sim ela dança muito bem e às vezes eu não sei se mamãe gosta mesmo de mim.

Vão chegando as outras meninas e nem todas são magrelas e pálidas só algumas. Muito bem a professora bate palma e diz que hoje é dia de improvisação e as meninas pulam muito mas muito felizes e eu não sei o que é isso então vou esperar alguém me explicar. Nenhuma delas tem a orelha coberta por cabelo nenhum eu já quero logo mudar o penteado tá vendo, mamãe, tá vendo só. E aí a muito magra coloca uma fita no rádio e é uma música maluca. É piano mas um piano maluco e as meninas começam a correr e pular quicando pela sala e eu não sei o que é pra fazer porque ninguém tá me explicando. É tão chato não explicar as coisas então vou escolher uma delas pra copiar. Aquela ali que é mais alta eu vou copiar ela. Eu corro, eu pulo, agora ela pula e gira ao mesmo tempo, dá medo de quebrar o pé mas eu pulo, e giro, pulo e giro. Pulo e giro. Lina, cada uma faz o seu. Mas nossa. Como eu vou fazer sem copiar? O piano agora tá parecendo um ponteiro de segundo. Meu braço é um ponteiro de segundo eu sou um relógio de parede. Isso, Lina, inventa. Aí o piano muda e parece um gato. Eu sou um gato. Aí eu sou um gato sem rabo e não consigo mais andar. Aí eu sou um lençol e me espaaaalho no chão, aí eu fecho o olho, um lençol que morreu. Aí acelera tudo e eu saio rolando como um tapetão. Aí eu abro o olho e as meninas tão pulando em roda de mão dada e eu devia ir também. Eu levanto. Eu pulo em roda, a gente gira, a gente dá a mão. A gente gira rápido e ri muito e ri alto aí a gente solta e cai de bunda no chão e fica olhando o teto como se fosse o céu e o ventilador é o sol.

Eu não sei ainda se gosto de aniversário mas chegou o meu e é uma festa de cigana. Meu vestido tem três camadas de babado e meu ombro sem osso tá de fora. Tenho blush *pink* nas bochechas e uma pinta falsa em cima da boca no canto. Não entendo essa pinta, eu sei que apareceu na revista lá do orgasmo mas é feia, mamãe diz que é charme, que a Cindy Crawford tem, Cindy Crawford é cigana, e orgasmo, mãe, isso eu falo depois. Eu não queria convidar o Danilo mas mamãe disse que tinha que chamar a sala inteira que fica feio não chamar uma pessoa imagina se fosse comigo mas se eu não ficasse sabendo não ia ficar triste. E aí Danilo veio e agora Danilo me olha e canta dum palquinho *oh lord please don't let me be misunderstood*. As mães batem palma muito rápido e é difícil ficar no ritmo. Elas tão todas meio bravas comigo porque eu não tô dançando e se Danilo é lindo, alto e meio rico, e se me ama, e vai dançar pra ele, Lina, pelo amor de Deus uma delas grita e arregala o olho maluca faz dança cigana e eu não sei o que é dança cigana só sei correr e pular girando então eu pulo girando e tá muito difícil ficar batendo palma infinito e outra mãe dum cabelão loiro e muito armado e bota branca de couro craquelado por cima da calça vai até o meio de todo mundo e fala é assim, Lina, olha, e ela gira balançando a saia fantasma de olho fechado e se abre é só pra piscar pro Danilo que continua cantando essa música enorme já meio sem ar. Tá ficando vermelho. Tá com a testa amassada. Ele deve ter ficado o mês inteiro decorando a letra em inglês pra me dizer essas coisas mas eu só entendo a parte que diz *I love you* e isso eu já sei e odeio. Augusto é um cabrito. Papai é uma paca. As outras mães num pesadelo me empurram pro meio da roda e eu enterro os pés e torço os quadris contra o ritmo da música beliscando meu pulso, eu só sei pular e se não pulo não sai nada, aí me belisco que dá muita vergonha olhar pra mãe do cabelão que agora sacode o ombro inchado como se tivesse uma ombreira embaixo da pele mostrando o decote de peitos que parecem gelatinas inteiras na bandeja. A boca dela tá muito vermelha cintilante e aberta igual de palhaço que tem que acertar a bola dentro e por cima da bocona a pinta preta e falsa igual a minha. O cantor no rádio agora tá gemendo esquisito e Danilo imitando fazendo cara de dor, tá muito estranho isso e tô muito cansada de bater palma eu preferia falar o credo e tô suando tanto que a pinta deve tá um bigode.

Mamãe me salva quando berra então vamos cantar os parabéns. E me abraça e beija minhas bochechas que não doem mais do tapa no outro lado do mundo mas tão muito vermelhas do blush e de todo mundo me olhando e cantando os parabéns. Não entendo parabéns, é pelo quê? Não consigo pensar em nenhum exemplo porque nada é assim um esforço, talvez aguentar o balé ou talvez aguentar os parabéns. E Danilo. Com quem será eu odeio por que fazem isso no seu aniversário pra que fazer você sofrer assim desse jeito passar essa vergonha toda horrível e é com Danilo e Estelita sabe que eu odeio ele e tá cantando e rindo muito como se fosse o dia mais feliz da vida dela e eu já virei uma fogueira até com barulhinho. A Janaína não ia deixar ninguém fazer isso. Janaína ia falar sopra logo essa vela e eu sopro logo na hora do ele aceitou e ele já vinha andando pra perto com uma cara de noivo e mamãe abafa e grita eeeee e eu faço o pedido que é que Danilo morra e sopramos juntas as velas e cortamos juntas o primeiro pedaço do bolo colorido e entregamos juntas a Augusto e depois pro papai. Ganhamos juntas o abraço deles e servimos o bolo todo pra todas as crianças e suas mães esquisitas menos pro Danilo e a mãe dele nem veio.

Aí é pega-pega pelos pilotis, os prédios são vazados pra isso. Correr é o que eu mais gosto de fazer na vida, fugir bem rápido de alguém. Eu tô muito suada e Danilo tá sempre correndo atrás de mim e Janaína ia mandar eu encher a boca de água e cuspir nele quando ele chegasse perto e encho a boca com a água do tanque do fundo pra ninguém ver e ele vem muito perto e eu solto o chafariz bem no cabelo dele com gel e ele fica muito triste e liga pro pai buscar que a mãe morreu Estelita acabou de me contar bem-feito e corro mais e mais e rio e fujo e papai grita lá de cima que é hora de subir que só tem eu na festa eu continuo correndo e não percebo que entre mim e a escada tem uma porta de vidro e vou tacada pro chão e perco a noção de mim de um jeito quase bom.

Não lembro do meu nome.

Não é ruim é colorido.

Lina.

Lina.

Linalinalinalinalinalina Augusto sirene com as mãozinhas na beira do sofá igual um cuco. Tudo parece bem, ou normal, ou igual, na tevê tá escrito *suicídio*, que eu já sei, tem também *infarto*, *perdeu a casa* e *falência* que eu não sei ainda.

Eu pedi pra furar as orelhas que agora tô mais velha e todas as meninas têm e eu que não tenho pareço um menino, o que não seria ruim se mamãe não gritasse de volta pras pessoas que eu sou na verdade menina. E quando na farmácia que fica numa rua só de farmácias o homem de avental vem com um grampeador de agulha grossa e fura o molinho esquerdo eu peço baixinho pra ele parar mas agora já foi. Tem uma bolinha verde e brilhante na orelha que bate bate no buraco novo. Não deixo de jeito nenhum ele furar a outra e mamãe pergunta se ele dá um desconto e o homem diz que não, ele usa um jaleco, que é o preço do par, e mamãe pergunta se eu não quero mesmo furar que já tá pago e que fica estranho, desigual, e eu digo que não, que nunca mais.

Tá parecendo um pirata papai diz quando repara no único brinco. Corto um tampão preto de uma caixa de remédio da mamãe e colo com fita crepe no olho, qual olho, o direito, no esquerdo já tem o brinco, amarro na cabeça um lenço vermelho que sobrou da festa e desenho de canetinha um bigode. Subo na cama e no espelho eu sou pirata. Eu sou pirata sou pirata do olho de vidro da cara de mau e mamãe ri e sacode a cabeça e quanto mais ela ri mais eu canto até que ela cansa e manda eu descer.

Augusto me segue pela casa pilata e quando a gente tá sozinho a gente brinca assim: eu amarro os bracinhos dele nas costas e tampo os olhos dele com um pano de prato amarrado, tá fedido ele diz toda vez, é assim mesmo que é pirata imagina ficar sete meses num navio que fedor e faço ele andar pela sala com uma régua encostando nas costinhas e deixo armada uma arapuca no final do corredor. São quadradões de lego soltos com as quininhas afiadas, vermelhos, azuis e pretos e ele vai medrosinho e machuca o pé e cai e machuca a perna e logo o rosto. Ele chora mas nunca conta pra mamãe e sempre quer fazer de novo, toda tarde, pilata. Começa a me dar pena.

Ensino ele a me amarrar e me vendar pra ele me seguir com a espada nas costas e ele vai me cutucando com a régua tão feliz. É a primeira vez que escuto dele a risada que escapa um pedacinho de maldade aí eu vou quicando pulando amarrada e fazendo um dramalhão de medo, ó meu Deus, os tubarões Augusto rindo, ó meu Pai, me salve, socorro, Augusto se acabando e eu tombo nos tubarões. Augusto joga a régua, cai no chão e quebra, chora, corre pro quarto, fecha a porta, eu fico aqui caída com as mãos amarradas e os olhos na venda. Eu posso tá num galpão, num banheiro nojento de fundo de restaurante, numa rodoviária, no canto, entre as malas, sequestrada ou deixada pra matar depois ou no fundo do mar comida por um tubarão. E aí eu posso também me mexer que os nós de Augusto são os nós de Augusto e aí vejo e pisco: vejo: um envelope abriu na minha coxa, é uma mordida igual no filme. O que um pirata faria e vou mancando pelo corredor de mão manchando parede eu sei que vem bronca eu vou falar que foi Augusto brincando de batom e lavo com água e sabão phebo que é o mais caro e arde até de me fazer sair da boca um som grosso da caverna e aperto o pano de prato nesse leite fervido e enfaixo com fita crepe até terminar o rolo. Durmo. Acordo com meus pais de mão na minha testa. Tem que benzer, João de Deus não fica longe, dá pra ir. Não escuto a resposta do meu pai. Uma semana sem balé da perna machucada e logo agora que eu gosto do balé.

Danilo vem rolando numa parede como se rolasse no chão mas é numa parede e é na parede que eu tô encostada e eu sei que ele quer rolar em cima de mim que é o castigo pelo cuspe na festa e eu podia sair mas se sair ele vai saber que eu tô percebendo que ele tá vindo e o melhor é sempre fingir que não tô percebendo o Danilo, igual cachorro. Ele rola por cima de mim eu fecho bem a boca e paro de respirar e ele continua rolando até o fim lá longe. Gostar é querer encostar na pessoa.

Hoje tem balé e eu tô feliz que vou pular e girar e o carro enguiça no meio do estradão e vai mamãe o balé aí para um homem e abre o carro na frente e fala que tem que fazer chupeta como assim fazer chupeta e pluga num negócio e o carro volta a funcionar vai mamãe.

    Eu já chego rindo e correndo mas as outras meninas tão na barra com as bundas encolhidas igual na Inglaterra e a professora briga comigo que eu tô atrasada e bailarina não atrasa e entra ali entre a Rúbia e a Keyla e elas afastam e eu entro e a professora tem o mesmo cabo de vassoura de bruxa da Miss Margareth e ela bate no chão enquanto grita *pliê, elevê, pliê, elevê, pliê, elevê, padeburrê, changê, changê, padeburrê*, encolhe a barriga Lina, *pliê, elevê*. Tô me sentindo muito mas muito enganada. O balé aqui é chato igual.

~~Eu quero que o Danilo morra.~~

Dia das crianças tá chegando na verdade é Cosme e Damião eu falo Daminhão parece que eles davam doce por aí mas se doce faz mal por que é que ficam dando pra criança, porque é gostoso né, Lina, é muito gostoso. Papai fala pra eu aproveitar e escolher bem o presente porque esse é meu último ano de criança. Eu peço um patins igual do carrefour pra andar no carrefour e Augusto pediu um peixe e eu não acreditei, eu quase bati nele por causa desse pedido tão burro.

 Aí chegou o peixe, é amarelo e chama Zezinho e ele mete uma bolinha no aquário todo dia. Zezinho é tão sozinho será que não vale colocar um amiguinho, Augusto, não porque senão eles vão se matar. Um peixe tão amarelinho assassino desse jeito. Peixe sabe será que ele é tudo meio igual? O olho é tão na frente de tudo que ele nunca se vê tipo a gente que consegue olhar a mão furada a gente olha pra baixo e dá pra ver o barrigão e o pé. Peixe só olha pra frente e mesmo se ele olhar pra baixo não deve ver a caudinha, eu digo desses pequenininhos porque uma enguia por exemplo se dobra e vê a cauda, mas nunca vê a cara, porque dentro da água não tem espelho assim, ou tem? O sapo deve se ver na água de fora o lagarto também, mas o peixe não sabe nada aí em vez de dividir o aquário com um irmão como fazia Jesus, ele mata o peixe, trucida, talvez até coma as tripinhas se tiver fome talvez até engasgue com as espinhas coçando a garganta cloaca porque não sabe que são iguais porque não se vê. Ué. Mas o homem lá da novela matou a mulher da novela e ele tem espelho porque no camarim de artista sempre tem um monte de espelho. Mamãe, ele é criança? Quem? Esse moço que matou a moça. Não, ele é adulto. Mas ele confundiu a novela com a vida real ele achou que era brincadeira? Não faz pergunta difícil, Lina, ele é louco. O que é louco? Louco é quem não sabe o que tá fazendo. Mas como faz alguma coisa sem saber que tá fazendo? Você fazia xixi na cama toda noite e agora mamãe tá virando uma camisa enorme do papai na tábua de passar e tá saindo muita fumaça ela parece um mago. Então eu posso matar você o papai o Augusto sem saber que eu tô matando tipo sonâmbila? É sonâmbula e não, não é isso. É o quê então, mamãe, é o quê o quê o quê o quê o quê o quê o quê o quê o quê o quê o quê. Chega, ele é louco ele é mau. Ela levanta o ferro. Pega outra camisa. Papai tem quinhentas camisas iguais. Foi com uma tesoura. Eu tenho uma tesoura. A escola inteira tem uma tesoura. O mundo inteiro tem uma tesoura.

A gente tá indo pro carrefour pra eu andar de patins no carrefour com os patins brancos de roda verde novinhos. Eu tô muito nervosa. Falta muito? Ali ó a setinha. Eu sento num banquinho e mamãe amarra os laços verdes iguaizinhos aos das meninas e elas têm um rabão alto de elástico grosso que deixa elas mais altas ainda e me dá a mão pra levantar e eu levanto e já caio sentada de novo. Vem, tem que aprender a se equilibrar, papai vem na outra mão e eu levanto e tô parecendo uma sulfite no vento pra frente e pra trás. Tá vindo uma menina de rabão e boca rosa rosa deslizando. Ela freia bem na minha frente e ajoelha sem estalar o joelho e tá falando comigo. Responde, Lina. Ela pergunta se eu quero ajuda e eu nem respondo porque engasgo porque acho que engoli um cabelo e ela já fala que pra levantar tem que apertar bem o pé no chão, empurra o chão mas o chão não mexe mas pensa que ele pode mexer isso vem e me dá as duas mãos como se a gente fosse começar uma dança num bailinho e ela fala olha pra mim nos meus olhos e os olhos dela são enormes e têm os cílios pretos e longos e um risquinho branco em cima deles e tô com muita vergonha de ficar olhando pra esse olho gigante ela me lembra a Olho Arregalado, que foi pra doação, será que ela já raspou também a sobrancelha igual eu, acho que não porque é toda certinha e bonita e agora mexe um pé pra frente e agora o outro o outro o outro o outro isso e ela tá indo pra trás e me puxando e eu tô indo eu tô andando de patins no carrefour com a moça do patins do carrefour. Eu tô no ar eu tô na água. Ela é a moça mais bonita do mundo, ela nem precisa olhar pra trás ela é um submarino. Ela tem o dente tão branquinho e reto a boca é muito rosa ela não para de sorrir pra mim será que tá fazendo comercial de pasta de dente será que os mercados agora são assim. Um homem bravo chama ela, Marcela, volta pro balcão e não! Desculpa, menina, mas eu tenho que ir. Me dá um autógrafo? Mamãe traz o caderninho rápido e mamãe dá na mão dela o caderninho e a caneta e a Marcela assina Marcela e faz um coração e me dá um beijo estalado na bochecha e pisca um olho, ela é uma fada, a fada chamada Marcela. Augusto tá chorando porque agora também quer um patins e também quer andar com a fada mas ele já escolheu o Zezinho, foi burro, Zezinho não fala nem olha na cara, o papai tá falando que as escolhas são muito importantes que foi bom pra ele aprender aí no ano que vem ele escolhe melhor aí ele chora mais ainda e se joga no chão e mamãe quer comprar patins pra ele parar logo de chorar mas papai diz que não que é importante ele passar por isso e eu tô muito orgulhosa da minha escolha no meu último ano de criança. Os patins me deixam mais alta, bem mais alta que o Augusto, eu falo pra ele que quando o pé dele crescer eu empresto e ele chora mais ainda porque o pé dele é bem pequenininho.

Ué mas cadê o Danilo. Danilo não é mais aluno dessa escola ele morreu, não, o pai perdeu tudo.

Eu não vejo os caras-pintadas mas quando penso nos caras-pintadas eu imagino um monte de ator muito sério e muito pintado de não dar pra ver a cara ou de ver só o olho e nada mais do corpo. Eu só quero me pintar quando eu escuto falar deles e eu me pintei inteira com o batom vermelho da mamãe e Augusto me mordeu e ficou um palhaço também. O batom acabou e Augusto disse que quando ela quiser pintar a boca pode usar a nossa canetinha. Mamãe virou uma arara e eu adoro falar que a mamãe virou uma arara porque aí penso nela ficando toda azul e não precisa entender o que ela tá gritando.

Na minha sala tem uma menina que eu não vou falar o nome mas ela tem uma franjinha e uma cara de adulta e eu e ela vamos pra baixo duma mesa com uma toalhona de feltro marrom pesada e quente que vai até o chão que fica no canto do pátio. E aí ela mostra um ombro e depois um peito. Eu mostro só um ombro onde começa a nascer um ossinho e me orgulho dele. Aí o braço rela no feltro e dá muita aflição porque parece um choque. Aí ela levanta a camiseta e mostra dois peitos e aí eu mostro só um mas dele não me orgulho muito não que o dela é saltadinho. É perigoso e muito engraçado. O limite é esticar a bermuda até a laicra fazer creck pra mostrar o nosso negocinho. Aí a gente sai do feltro com o cabelo grudado na cara como se tivesse jogado futebol.

É muito legal a Mary Poppins voar com um guarda-chuva. Se eu fosse menor ia tentar pular a janela e morreria caída de anágua como uma princesa mas esse é meu último ano de criança. Eu assisto com o Augusto e fico vendo se ele vai querer pular da janela. Mas aí dá medo de ele tentar de verdade e escondo o guarda-chuva embaixo da cama. Brasília nem chove.

E o carrefour? Lina, nem abriu ainda são sete da manhã pelo amor de Deus mas que horas que a gente vai, lá pelas onze, calma, vai andando aqui em casa pra treinar não não eu só ando com a fada mas que fada? Você tem tamanho pra acreditar em fada?

Se um dia me perguntarem qual é a coisa que mais odeio no mundo eu acho que vou responder que é essa pergunta do você tem tamanho e em segundo lugar vai ser ficar esperando. Por exemplo, eu tô aqui pensando no que que eu posso fazer enquanto espero a hora de sair eu posso escolher a roupa, eu tiro todas as roupas do armário e provo todas as roupas coloco dez calcinhas uma em cima da outra mamãe entra e me dá bronca e manda eu tirar nove delas, mas mamãe tô escolhendo a roupa de ir tá bom mas depois você vai ter que guardar mas eu não sei guardar só sei tirar você não me ensinou a guardar tá bom é assim ó, dobra uma manga aí dobra a outra pra dentro assim dobra no meio passa a mão pra ficar lisinha e pronto. Agora você, aí eu faço tudo errado e me irrito e choro eu só quero ver a fada Marcela. Augusto tá tocando pandeiro pro Zezinho. Dá pra ouvir dentro do aquário? Não sei e se a gente testar com a cabeça num balde? Tá mas é a sua cabeça que vai pro balde aí pega o balde enche de água e Augusto ajoelha no chão e enfia a cabeça e não digo nada aí ele tira o cabelo escorrendo e você falou alguma coisa? Falei. O quê. Um segredo. Que segredo? Você não escutou agora já era nunca vai saber aí ele chora e me empurra e grita agora vai você. Não quero. Vai, Lina! Tá bom. A voz do Augusto é uma voz de monstro. E se o mundo começou na água o jeito certo de escutar é esse e na verdade todas as vozes são de monstro porque todo mundo na verdade é monstro se todo mundo veio da água. Sim né? Sim. Ouviu? Ouvi. Eu sou uma medusa meu cabelo virou um monte de cobra gelada. Augusto se você olhar pra mim vai virar uma pedra. Aí ele me olha no susto e chora. Já tá na hora de ir no carrefour? Já. Pego uma saia mas e se eu cair vão ver minha calcinha mas não vou cair porque vou andar com a fada Marcela. Então saia jeans camiseta rosa e rabão mamãe faz um rabão? O quê? Um rabo de cavalo alto. E blush eu quero blush rosa-choque. E patins na mochila eba eba eba eba.

Vai lá, papai, pergunta da Marcela pergunta pergunta. Marcela? Um minuto, senhor. E um homem de caneta no bolso volta e diz assim que Marcela não trabalha mais com a gente. Por quê? Ela foi demitida. Ela não é metida. De-mitida, foi mandada embora, mas por quê? O homem abaixa e fala que pegaram ela roubando um secador de cabelo.

Eu odeio o carrefour quero ir embora mas agora você fez a gente vir agora vai andar então eu vou andar é sozinha eu coloco os patins sozinha e levanto sozinha como ela ensinou enterrando o pé no chão e vou segurando nas prateleiras e mamãe atrás e papai foi comprar carne e a vaca não é mais louca e Augusto vem seguindo e cantando e eu não tô escutando porque sem a Marcela é claro que eu vou cair e caio logo e derrubo umas bolachas recheadas. Tomara que eu tenha quebrado o joelho pra faltar no balé.

O-te-les-có-pi-o-hubble, professooooora, eu não sei escrever isso, escreve como achar que é, continuando: foto-gra-fa-um--cru-ci-fixo-no-es-pa-ço ponto-final. Isso-é-certamen-te-um--sinal-de-que-Deus-existe-e-ele-está-nos-mos-tran-do-que-o--céu-está-no-centro-de-nossa-galáxia ponto-final.

O peixe do Augusto tá muito preso. O melhor era ele morar no lago mas o lago tá longe, mas o Paranoá é inventado, aí é só inventar igual outro lago. Cavar um buraco e jogar água. E comidinha. No barro da praça dá. Augusto tá no kumon. Papai e mamãe trabalhando fora eu pego o aquário do quarto e levo junto um garrafão de água da geladeira porque lago é gelado e mamãe falou pra eu só sair em emergência e isso é uma emergência: Zezinho merece ser feliz, se bem que ele é um assassino, mas até os assassinos merecem ser felizes porque Jesus perdoa todo mundo, isso, é isso, um pano branco pra cobrir o aquário porque vi assim na tevê que é pro peixe não assustar morrer do coração e um degrau por vez porque imagina se eu caio igual no carrefour e quebro o aquário e o peixe morre de quebrar o pescoço, Augusto me mata, então o jeito é andar um degrau de cada vez mesmo e pronto deu certo e a pracinha tá vazia tem só uma menininha no balanço descascado lá no fundo com a babá dela ou a mãe dela mas deve ser a babá porque tá com uma roupa toda branca ou ela só gosta muito de branco eu ajoelho na terra e cavo e fica fundo e mais fundo e agora já sei que se tem cano tem prego então eu já sei tomar cuidado já sei cavar direito e dou uma amassadinha nas beiradas pra ficar bem bonito e pronto olha que fácil tem um lago aqui agora é despejar o peixe vem, Zezinho, tá feliz, Zezinho, vai ser livre no laguinho vai parar de bater a cabeça no vidro e glub glub glub pronto laguinho cheio oba olha esse laguinho mas a água tá sumindo e a garrafa tá durona pra abrir e Zezinho agitado a água sumindo mas pra onde tá indo essa água abro a garrafa graças a Deus e jogo toda a água geladinha em cima dele e ele se acalma olha que gostoso Zezinho ele tá feliz dá pra ver e se tivesse mais cara até sorria mas a boca é muito pequenininha aí não dá pra ver, pronto, a água foi toda, um litro e meio, mas por que ela tá sumindo também mas se fosse sempre assim não ia ter lago nenhum no mundo por que tá acontecendo isso com o meu? Por quê? Socorro. Socorro! A babá ou mãe de branco cruza a praça e vem e se abaixa e a água sumiu e Zezinho lá batendo o rabinho na parede do lago e a babá ou mãe de olho arregalado mas o que você pensou que ia acontecer? Que ele ia ser feliz e não sei se tô falando a verdade ou se já tô virando adulta me ajuda, moça, me ajuda eu catarro de tanto chorar a bronca vai ser tão feia me ajuda, moça, me ajuda e a moça pega o Zezinho e coloca no aquário e corre até o banco e abre uma garrafa de água que ela graças a Deus tem ali na bolsona e joga em cima dele e ele abana o rabinho e boia de olho aberto. Ele tá morto. Como assim morto? Ele ficou sem ar. Ele deu até tchau, você não viu? Ela olha pra mim e a criança vem correndo e aponta e fala moleu. Moleu, Amandita, moleu. E ela passa a mão na cabeça da Amandita e moça passa a mão na minha também por favor.

    Não tem mais o que fazer. Volto pra casa e esse aquário eu lavo igual louça, esfrego, tiro a terra, o peixe morto aqui do lado do sabão. Olhão bem aberto. Zezinho. Assassino. Colocar mais água, colocar o peixe na água, deixar na estante do Augusto, quando ele chegar do kumon vai ver que morre assim mesmo de repente.

Mamãe foi estourar pipoca e abriu o saco de milho com mais raiva que devia e caiu metade no chão e ela falou um palavrãozão bem feio e foi buscar a vassoura e enquanto isso eu ajoelhei pra ver como é. É horrível, o joelho fica todo furado. A pipoca é pra gente assistir o impitcha que é quando todo mundo vota pra tirar o homem mau que rouba o dinheiro das pessoas. Mas, mãe, por que ele é o presidente do Brasil? Porque ele é bonitão. Tem um cabelo bom. A pipoca queimou. É um domingo ou parece ser um domingo. Eu não aguento mais morder pipoca de carvão. A maioria fala sim e eu acho sim uma palavra muito ruim pra falar de uma coisa positiva, parece o *sin* que Deus não gosta e também parece shhh do silêncio chato e Deus faz um som escuro com a boca do *e* pro *u* aí sai um arzinho por baixo, pelo *s*, igual no vestidão.

Pelo menos Augusto ganhou o patins de tanto que chorou que Zezinho morreu e isso quer dizer que Jesus me perdoa. E vamos os dois pelo carrefour eu pegando carona no carrinho mas papai detesta quando eu faço isso você tá pesada, Lina, e Augusto vai esbarrando em todas as pessoas aí ele esbarra numa família na sessão de vinho e o casal compra o mesmo vinho que meu pai que pede desculpa muito envergonhado e os filhos têm a mesma idade que Augusto e que eu e estudam na mesma escola na verdade é na mesma sala e eu tento me esconder pelo menos dessa informação. Mas como na novela eles dizem e se a gente tomar esses vinhos juntos e assim as crianças se conhecem mais e meus pais dizem primeiro que não que hoje Augusto não tá muito legal o peixinho dele morreu e suspiro de alívio mas logo depois eles dizem que pode fazer bem pra ele brincar um pouquinho né, Augusto, e sim, Augusto fala sim, essa palavra ridícula.

Augusto vai logo perguntando pro menino menor como é o nome do brinquedo preferido dele meu Deus de onde é que ele tira a vontade de escutar as respostas pras perguntas que ele faz. Os dois vão pro quarto do menor e eu fico presa com o maior no quarto dele e ele é o Gaspar. Gaspar é o corneteiro da fanfarra. E é alto e tem o peito quadrado de Barsa, tênis de skate e cabelo brilhante de gel mas quando ele não usa gel fica até melhor que é quando ele chega atrasado porque dormiu demais. Aí a franja dele fica um pouco pra cima e ele não parece tão certinho, de barriga encolhida. Quando tem dia importante os alunos comuns vão pras arquibancadas da quadra coberta e esperam um tempão e faz um eco muito chato porque todo mundo fica falando ao mesmo tempo e aí entram os alunos bonitos usando uniformes cruzados de militares com patinadores do gelo. Ana Luísa Fontanele faz balé, sapateado e jazz e desfila com a bandeira do Brasil e dança num maiô branco de ombreiras azuis e quando leva a perna bem alto todo mundo olha pra virilha dela. Pedro Gimenez repetiu dois anos seguidos e como é quase um adulto e muito bonito é o responsável por girar em volta da Ana Luísa e levantar ela no ar de vez em quando. E Gaspar é o corneteiro. E Gaspar agora usa camisa polo abotoada até o queixo e pergunta se eu gosto de quebra-cabeça e eu digo não sei enquanto tiro o casaco pra ter o que fazer com as mãos. Ele pega uma caixa de quinhentas peças de onde a gente tem que montar uma batalha medieval. São mouros e cristãos se matando na frente duma fortaleza em Gibraltar. Eu gosto muito de história, Gaspar diz, eu também, minto, nem sei, e Gaspar acho que percebe socorro mas explica: mouro é quem usa lenço na cabeça e tem a espada torta igual a lua crescente na bandeira, olha, e aponta pra bandeira na caixa e o dedo é longo e fino e será que já entrou num buraquinho e cristão é quem usa capacete e a espada é reta igual a cruz. Pra quem você torce eu pergunto sem querer mas agora já foi e Gaspar diz que é pelos mouros porque eles não usam capacete e assim são mais corajosos e cheios de cicatriz.

    Sento de pernas cruzadas e lembro que eu gosto de quebra-cabeça porque você pode se concentrar sem precisar conversar, não precisa nem olhar pra outra pessoa, mas a cara do Gaspar é boa de olhar toda séria estudando a figura. Eu não acho muitas peças porque olho muito a cara dele mas fico bem feliz quando eu consigo. Quando ele pensa passa a língua no lábio de baixo que fica mais vermelho ainda. Uma língua babadona, viva. Meio nojenta. Lina, me passa esse pedaço do céu aí no seu joelho. Esse? Isso, obrigado. Você gostou de morar na Inglaterra? Eu não sei. Mas foi legal ou não foi? Foi e não foi. Prefere aqui? Não sei porque lá tinha vaca louca mas tinha também a Janaína. Aqui você é amiga de quem? Da Marcela mas ela não é da escola. Eu tô ficando com vontade de fazer xixi mas não vou dizer nunquinha. Lina, coloca essa grama ali no canto, olha. Eu queria fazer uma pergunta pra você Gaspar mas não sei qual. Qual é sua altura? Que idiota. Um metro e sessenta e nove mas o médico falou que eu vou chegar a um e oitenta. Legal.

 Metade da batalha já foi, agora eu faço até careta de águia pra achar as peças porque a vontade de fazer xixi tá aumentando, tem que acabar isso logo. Nunca que eu vou conseguir pedir pro Gaspar por favor onde é o banheiro, e se ele achar que vou fazer cocô e me olhar pela fechadura e contar pra escola inteira que a Lina fez cocô na minha casa e eu vi. Eu vou conseguir segurar, eu tô indo bem, tá montado o castelo no fundo, as pedras pontudas. Ai que saco ele vai levantar. Ele levanta. Tá andando. Tá procurando o ombro dum cavaleiro que falta bem no meio da figura. Eu tô quieta e concentrada no lado mouro que é pra quem a gente torce. A mãe dele entra oferecendo guaraná duma bandejinha prateada e amo guaraná mas não posso tomar e digo não mas não sei falar com firmeza eu até falei mas ela não ouviu e chegou a bandeja ainda mais perto então pego o copo e tomo o guaraná que empurra nas bolhas mais gotas de xixi e sinto que se sair vai ser muito forte como o xixi dos cavalos e todo mundo vai escutar até na sala, os adultos, e aí tenho menos coragem ainda imagina, Gaspar tocando a corneta e a escola inteira me chamando de cavalo e não aparece o ombro do cavaleiro cristão, e agora a gente constrói o fosso do castelo, cheio de água, e os mouros morrendo aqui comidos pelos crocodilos e um crocodilo cruza o quarto agora numa enchente, ou podia ter um vazamento da lâmpada, um jorro, um dilúvio que leva a gente até um precipício e de lá a gente cai no mar e mija em paz e se mistura com os peixes e é tarde, é tão tarde, já escorre tudo pelas pernas cruzadas e dura muito, esse jorro, esse tempo todo desse pensamento, um paralelepípedo, anticonstitucionalissimamente.

Se eu fosse mais nova eu fechava os olhos e pedia pra virar uma cigarra e voar pras árvores e cantar e desaparecer e fazer xixi à vontade na cabeça das pessoas sem ninguém me ver. Eu até penso nisso mas sei que o melhor é apertar bem o chão embaixo de mim pra água escorrer toda pra dentro da minha calça que é de moletom grosso e que tá funcionando como a terra que engoliu o lago do Zezinho. Fico aqui o tempo que for e na hora de ir embora Gaspar vai sair antes do quarto porque eu vou dizer, Gaspar, vai indo na frente e depois eu pego a cortina ou a colcha da poltrona e seco o que sobrar e ninguém nunca vai saber.

Quatrocentas e noventa e nove peças e falta ainda o ombro do cristão e Gaspar diz e se estiver embaixo de você, e fala assim mesmo, estiver, não tá, e ele fala levanta, Lina, e eu falo não vou levantar que não tá aqui e ele estica o braço e é mais longo do que parece e diz olha aí a peça e tira debaixo do meu joelho o fim dessa batalha e ergue ela no ar e diz: tá molhada. Deve ser o guaraná que caiu quando sua mãe abaixou a bandejinha. Essa foi inteligente, acho que ele acredita, encaixa a peça, e agora temos entre as nossas pernas cruzadas as dele secas e as minhas um pântano uma briga de mundos e a cara dos mouros passa muita muita raiva e a dos cristãos não dá pra ver. Devem fazer muita careta debaixo desse capacete. Sabia que essa roupa demorava cinco anos pra ficar pronta? Não sabia. E que pesava dez quilos? Não sabia não.

Lina, hora de ir eu escuto mamãe gritar da sala e logo a mãe dele: Gaspar, vem dar tchau e tudo ainda corre bem. Gaspar levanta e me dá a mão pra levantar também, pensa rápido,

Gaspar, minha perna formigou, vai na frente, eu já vou, obediente, ele vai, espero ele sair inteiro e levanto e puxo um tapetinho mas é nem de perto suficiente e acho que seria maldade secar o chão com a colcha da poltrona e pior ainda se fosse a da cama e a cortina não parece sair muito fácil da janela, vou assim mesmo, vai dar certo, é só arrastar a batalha pra não parecer que era onde eu tava sentada, isso, apago a luz e a água vai ser um mistério pra essa família depois.

Ando sempre de lado, ou de frente, nunca de costas, falo tchau pra cada um, que passe bem, boa semana, meu pai me olhando atravessado, o elevador chega, eu entro, salva, Augusto tá desconfiado, para, moleque, mamãe pergunta cadê seu casaco, ficou no quarto? Eu só posso congelar e a mãe de Gaspar ouve de dentro e diz eu pego, e eu grito pela primeira vez na vida que não precisa deixa que eu pego e não tenho tempo de parar a mulher. Vinte e cinco segundos depois ela volta com a blusa na mão e a chateação no rosto que não me soltou até que o elevador desceu e ele se perdeu da janelinha. Com certeza agora ela acha que eu tenho problemas mentais e vai comentar isso com Gaspar, eu devo ter mesmo, ou vou ter na semana que vem porque não vou suportar o Gaspar saber.

Mamãe percebe, agora, na rua, eu sinto que ela vai gritar, ela grita, não forma uma palavra inteira e o cara que passou gira a cabeça pra ver minha calça mijada mas a humilhação já foi tanta que isso não é nada muito menos a obrigação de lavar a calça depois, eu lavava todas as calças do mundo se esse fosse o preço pro tempo voltar, ou pra Deus apagar essa cena. Eu rezo ajoelhada de cotovelo na cama como em filme de orfanato e Augusto me copia.

Vou de boné pra escola e me olham mais ainda porque é um bonezão antigo do meu pai onde se lê bulldogs e perguntam, Lina, que tipo de mensagem você quer passar com isso. Gaspar me olha como testemunha oculta, eu sofro. Isso é sofrer, é esse não saber se ele sabe, aí se ele souber eu não sei se ele vai contar e não só se ele vai contar mas como, e quando. Deve ser no recreio, ele deve pedir o microfone que fica no pátio pra quando tem missa. Meu coração tá uma jaca esborrachada e não consigo olhar nada na aula. A professora manda tirar o boné e todo mundo olha pra mim enquanto eu guardo ele embaixo da mesa, a franja torta, amassada, bulldog, a menina que não vou falar o nome pisca pra mim e mostra o ombro, eu quero ir embora, vou pedir pra ir no banheiro e me trancar, mas aí se eu fizer isso quando anunciarem que mijei no quarto do Gaspar vão me pegar no banheiro e vão fazer alguma piada com banheiro, podem até me segurar pelo pé e colocar minha cabeça na privada, podem fazer tanta coisa, são tantos filmes, calcinhão, melhor não mexer, melhor sumir por falta de movimento, virar planta, é isso, eu só respiro, não anoto, nem pisco, se pisco faço devagar, o menor ruído, até vejo meus cílios, insetinhos, Gaspar olha pra trás, pelo ombro largo dele, eu nem tenho ombro, um micro-ossinho, ele tá com a cara séria, ele cochicha com João, João vira também, acho que João me olha, acho que João abriu um sorrisinho, Gaspar também abriu, um horror isso, eu sou uma condenada, minha vida acabou, eu vou rezar, credo, agradeço, Senhor, pelo meu irmão que eu sempre quis ter, obrigada, Senhor, pela comida, obrigada. Bate o sinal do recreio a sirene do apocalipse. Sai todo mundo da sala. Não vou sair. Vem, Lina, a franjinha diz, hoje não, preciso estudar. Abro o livro de português. Tem uma história pra ler de tarefa que eu não li ainda. O Homem que Sabia Javanês. Não tô entendendo nada. Brasil imbecil e burocrático. Imbecil eu sei. É pra circular as palavras que a gente não conhece.

entrementes

anosas mangueiras

pujança vingativa com que a tiririca e o carrapicho tinham expulsado os tinhorões e as begônias

crótons (já é javanês?)
cores mortiças

bandós

enfunadas

trôpego (tropeço com bêbado)

lenço de alcobaça

simonte de antanho (nem ideia)

augusto (minúscula?)

pele basané

taitianos, malgaches, guanches, até godos (não conheço um monte)

comparsaria de raças

aduziu

fecundos

abdicou

fado

talismã

orvalhado. Os olhos do velho se tinham orvalhado.

mérito (sei mas não sei explicar)
vasconço (é inventado isso)

desembargador, pejava, fadiga

crônicon

cousa (coisa velha)

remorsos, patuá malaio, fealdade, tagalo

portento

sequiosos (credo)

ovação (não pode ter uma palavra tão parecida com ovo com outro significado)

bacteriologista eminente

O homem inventa que fala javanês aí pra contar a história inventa um português? Ou é tudo pra gente entender que a gente não sabe nem português direito e vai querer saber javanês? Circulei o texto inteiro, dá vergonha. Pelo menos é outra vergonha e não aquela. Agora deu vontade de fazer xixi, dá tempo. Levanto. Ah não, Gaspar tá vindo. Volto, sento, seguro, de novo não, de novo não, ele entra. Ele tá vindo pra minha mesa. Vou reler o texto. O Homem que Sabia Javanês. Ele tá vindo. Lima Barreto. Cutuca meu ombro que eu nem tenho. Que horrorosa que é a vida. Ele senta na cadeira da frente. Lina, eu gostei muito de montar o quebra-cabeça de batalha contigo. Contigo? Quem fala contigo? Ninguém nunca quis montar ele inteiro, você é a primeira pessoa que aceitou. Ele diz isso como se tivesse decorado pra entrar numa novela, e pra que dizer isso, e o que vem agora depois disso, foi a mentira e agora vem a verdade: Lina, na verdade eu sei que você mijou na minha casa e agora você tem que me pagar um lanche todos os dias da sua vida até o fim. Sequiosas. Só assim ninguém vai saber. Vasconço, anosas mangueiras. Levanto os olhos porque não tem mais por onde disfarçar e os cílios de baixo dele também são longos, grossos, mouros como eu já tinha reparado nos de cima. Ele abre a boca como se ensaiasse primeiro no dente antes de falar. Eu coloco a mão na carteira pronta pra impulsionar uma saída muito rápida tipo da piscina assim que ele me ameaçar. Eu vou levantar em meio segundo, pegar a mochila em outro meio segundo, aí mais meio segundo pra cada alça no ombro, dois pra sair da sala correndo, mais dez pra sair da escola e nunca mais voltar. Então em menos de um minuto eu desapareço. Tá, pode falar. Aí ele fala. Você quer namorar comigo? Eu aponto pra ele com o dedo torto de tão duro, tremido, flecha, unha roída, com você, isso, comigo, eu com você, isso, agora ele quase enfia o rosto na blusa de tão baixo que vai o queixo. Eu tenho que decidir se eu acredito ou se eu não acredito porque isso tem muita cara de mentira mas também não posso perder tanto tempo porque tá acabando o recreio e tenho que ir no banheiro ainda antes do sinal. Eu não digo sim porque não digo sim pra nada mas eu paro de pensar só um pouquinho e pego na mão dele e pergunto: é assim?

3

Não vou nunca na casa do Gaspar porque prefiro cair morta do que ver de novo o rosto da mãe dele. A gente passa as tardes montando cenas de batalha do Paraguai à Mongólia na mesinha chumbada na superquadra ou no chão dos pilotis. Mamãe passa com Augusto e no susto de me ver com um menino ou de me ver feliz deixa as sacolas caírem e um vidro de palmito quebra e eu fico com tanta pena, palmito é tão caro, aí ela vê que é Gaspar e chama ele pra subir que vai fazer um lanche. Augusto corre atrás dos palmitos rolantes e pega um por um e coloca canguru na camiseta e subimos e a camiseta do Augusto pingando pela escada e mamãe serve pão de queijo e queijo e geleia e leite batido e bolo e eu tenho que chamar ela de canto e pedir que pare de trazer comida que tá ficando estranho que tá parecendo a bruxa engordando a gente pra comer depois e ela responde que nada nunca vai ser suficiente pra compensar você ter feito xixi no chão do quarto dele e chama ele pra jantar, fica, fica mais um pouco, o banheiro é ali e aponta que mamãe deve ter medo de ele se vingar e ele fica e não se vinga e mais quebra-cabeça e banco imobiliário eterno com Augusto ganhando todos os prédios do Leblon e namorar é isso, alguém pra brincar além do irmão e rir muito, tá doendo o maxilar.

Eu tô feliz aí não tô pensando.

Aí eu penso que Gaspar me dá um tipo diferente de vergonha, é tipo não me olha tanto assim e me olha mais só um pouquinho mas pera, nem tanto, mas vai, só um pouco. Tento ver no olho mouro se ele gosta mesmo de me olhar ou se é tudo ele pregando uma peça com o resto da escola, olha ela olha bem, faz ela acreditar que é magra que é bonita e depois chama ela na sua casa e quando ela for no banheiro você abre a porta e todo mundo que tá escondido embaixo do sofá vai sair pra ver ela de calça arriada. Não tem nada pior do que uma calça arriada. Num filme da sessão da tarde um menino mau puxou a calça do menino bom e todo mundo viu e ele tentou subir a calça e caiu de cara na lama de bunda branca pra cima e eu fiquei tão triste tão triste, não tem nada mais triste que uma calça arriada. Aí sonhei que ia pra escola só de blusa.

Ele chamou pra participar do próximo desfile da fanfarra e eu disse que não mas aí ele insistiu e eu aceitei balançando a cabeça e fui de tarde num ensaio e o coordenador de apito que nunca usa meia olhou pra mim e não sabia que função me dar até que lá do fundo alguém gritou numa voz muito rouca e alta que ela pode carregar a virgem e todo mundo concordou. Irmã Vilma. Sombra de montanha. Eu não sei se ela gosta de mim ou se não gosta de mim, ela diz que eu sou a cara da virgem e fala isso esmagando o meu cabelo com as duas mãos. Ana Luísa Fontanele tá no canto ensaiando a dança dela e parece muito concentrada mas eu sei que ela tá o tempo todo pensando se tá todo mundo olhando ela agora e agora e agora porque ela tem os quadris arredondados pra fora e as coxas são longas e fazem um arco no lado de dentro por onde passa um raio de luz. Os meus são retos como tábua e minhas coxas batem uma na outra, ainda bem que tem moletom pra amarrar na cintura. Tem noite que eu rezo pra acordar com quadril largo. Tem noite que eu rezo pra Deus afinar minha coxa. O ideal seria combinar as duas coisas. Ou ele podia empurrar por dentro e a gordura ir pra fora e ficar dura. A vida é muito injusta. Por que é que algumas meninas têm o quadril mais largo que as outras eu mandei por correio essa pergunta pra revista *Capricho*. Publicaram a resposta com meu nome e quase morro de novo de vergonha. *Querida Lina, o quadril das mulheres é largo para que passem os bebês! Beijo da equipe Capricho* e um coração do lado. Não entenderam minha pergunta e eu não entendi a resposta. Então quem não tem quadril largo não vai ter bebês é isso? Se eu tiver um bebê com essa bacia estreita ela vai quebrar então ou o bebê vai nascer e já morrer sufocado na minha coxa todo roxo contorcido?

    Gaspar tá vindo cada vez mais perto e dá um beijo de boca fechada aí tenta enfiar a língua reta feito uma moreia e eu tranco a boca que não quero outra língua dentro dela e ele fica chateado. Eu gosto tanto quando ele vem perto eu odeio tanto quando ele vem perto porque sei que eu não vou conseguir. Revista *Capricho* como faz pra gostar de beijar de língua. *Primeiro treina no espelho, depois no gelo, depois no seu próprio braço e pronto, você tá pronta!* O espelho tá sujo me dá nojo. Tá bom vou lavar o espelho. Lavo o espelho com muito sabão. Passo a toalha e ficam pelos da toalha. Lavo de novo e deixo molhado que é melhor do que peludo. Encosto a boca e a língua e me vejo tão de perto que dá muita vergonha e desisto, o Espírito Santo vai ver. Mas o problema, *Capricho*, é a língua que encontra outra língua que não tem no gelo nem no

espelho nem no braço. O problema, *Capricho*, é a língua parecer com peixe vivo fora da água fria fazendo que vai morrer.
Bem, então o melhor é virar uma freira!

Eu entro de uniforme, não tinha mais roupa de patinador militar. Colocaram um véu branco na minha cabeça que parece mais uma toalha de mesa e talvez seja uma toalha de mesa. Embaça um pouco a vista é até bom não ver tanto as pessoas mas dá medo de tropeçar com a Virgem enorme de louça que eu tô segurando. Eu vou andando em passo de noiva, foi assim que Irmã Vilma orientou, passo de noiva, noiva de Cristo, me odeia ou me ama, eu vou logo atrás da Ana Luísa Fontanele de maiô e coxa longa e do Pedro Gimenez de farda, eu sou a mesa que anda, mesa ninguém nota, nem tem como competir com a virilha da Ana Luísa, a não ser que eu faça passos de balé pra uma mesa que dança, um *padeburrê*, um *padechá*, nem sou boa no balé. E se eu tropeço e se a santa espatifa em mil cacos e Ana Luísa escorrega e crava os joelhos pelados e as mãos nos caquinhos da santa e fica ali de quatro sem poder se mexer até um guindaste tirar ela por cima como um porco socorrido dum lamaçal. Ou melhor: eu caio e cravo os joelhos e as mãos e aí Gaspar para de tocar a corneta ou toca mais forte pra anunciar a tragédia e vem me socorrer e me socorre e vem também Pedro Gimenez e eu fico um mês de cama com os dois brincando de hospital embaixo do edredom um de cada lado cuidando de todas as feridas que não vão ser nojentas, vão ser sempre bem sequinhas mas vão precisar de algodão e água boricada e Pedro vai pedir pra comer as casquinhas e nesse mês na cama até Deus me escuta e me dá uma bacia de violão e o próximo desfile vai ter o Pedro me carregando no ombro, sentada, de coque alto, maiô. Eu muito linda de maiô.

O circuito foi rápido e inútil. Fora da quadra a fanfarra se abraça e Ana Luísa chora e borra a maquiagem azul e Pedro levanta ela no alto e gira ela em câmera lenta e Gaspar abraça os dois com a mão demorando um pouco mais nas costas dela quando acaba o maiô e abraça a banda inteira e eu ainda seguro a santa e a toalha na cabeça e todos eles vêm, um a um, me dar os parabéns, que eu fui muito bem, uma missão importante, a mais sagrada, mas ninguém tira esse prédio da minha mão e por trás da renda eu vejo Gaspar. Ele olha Ana Luísa com o cílio mouro piscando mais que o comum, ele lambe o lábio de baixo, ele tá falando o que pra Ana Luísa, a mão dele voltou pra onde acaba o maiô, ela deve ter uma pele de pêssego, *melocotón* que fala em espanhol, ele toca corneta, ele é alto, o cabelo dele tá quase azul de tanto gel ou ele esfregou a cabeça na maquiagem dela. Se ninguém tirar isso aqui da minha mão eu levanto bem alto como Pedro levanta Ana Luísa e taco ela no chão como eu queria que Pedro tacasse Ana Luísa. Eu tô suando aqui embaixo da toalha e ninguém repara. Lá vem Irmã Vilma no passinho dela, vai tombar quicando assim, vem vem vem, tique tique tique, podiam fazer essa túnica dum tecido mais elástico pelo menos, num incêndio num convento morre tudo carbonizada porque não dá pra correr com esse vestido. Eu vou tacar essa merda no chão. Eu tô falando até palavrão. Não tô falando. Mas tô. Eu vou tacar essa merda no chão e deve ter até ouro escondido aqui dentro, no Ventre da Virgem, ventre, palavra horrível. Virgem pior ainda. Vou tacar, Irmã Vilma, ou a senhora apressa o passo ou eu taco e taco mesmo. Apressou. Chegou. Dá aqui, minha filha, e ela de repente é muito forte e faz de volta todo esse percurso no passinho tique tique até entrar a montanha no Prédio Secreto. As freiras moram lá e ninguém sabe como é dentro. Elas rezando juntas de costas uma sombra enorme. Deve ter um monte de cruz pendurada e um monte de toalha tipo dessa que tá na minha cabeça. E um armário tipo o da Mônica só com vestidão preto. Ou tem os corpos de alunos que elas matam, já disseram, que é ritual de sacrifício pra ficar viva por mais tempo e é por isso que elas demoram tanto pra morrer, é por isso até que existe essa escola. Agora as minhas mãos tão livres, suadas, não quero tirar a toalha, agora tá bom olhar daqui, eu usaria pra sempre esse véu. Gaspar tá vindo. Gaspar pega a ponta da toalha na frente e levanta como véu de noiva quando o padre fala e agora pode beijar a noiva. A mulher tá sempre muito linda, nenhuma noiva nunca pensou em fazer uma careta nessa hora, eu faria, eu posso até fazer agora, só que eu não tô maquiada nem linda por baixo, eu tô com o cabelo grudado na cara de tanto suor e bolhas no nariz, era melhor eu fazer uma careta, nem sei fazer careta, quando eu faço não tô controlando, ele olha direto na minha boca, que eu tranco, ele dá seu risinho de dente muito branco e beija a ponta do meu nariz, as bolhas estouram, a água escorre salgadíssima, é muito louco suor ser tipo mar.

Os dias correm nisso de eu querer arrancar na mão o cabelo inteiro da Ana Luísa e deixar o couro cabeludo dela aberto como um passarinho recém-nascido. Certeza que ela beija de língua todo mundo ali atrás do Prédio Secreto. As freiras todas usam fundo de garrafa e não escutam direito. Gaspar tenta de novo empurrar o prego vivo e eu empurro de volta que é horrível e ele diz que não tem outra forma de beijar e sem beijar não tem namoro e eu não consigo porque línguas me lembram peixes voltando pra vida e pimentões que viram parasitas mas eu não posso falar isso e é também uma questão de lesma que Gaspar mete a língua dele no sininho lá no fundo ocupando toda a boca e fazendo umas cosquinhas de antena e a língua ser assim coisa viva é demais eu não quero vomitar na boca dele. Eu digo pra ele ir beijar Ana Luísa e ele diz que não quer beijar a Ana Luísa mas eu não acredito, eu duvido que ele não queira beijar a Ana Luísa. Faz uma semana eu encostei meu rosto no dele e senti escorrer uma lagriminha dos olhos mouros. Eu não consigo explicar e não consigo beijar então é isso.

 Faltei no ensaio na verdade eu saí da fanfarra e só não contei pra ninguém. Eles vão perceber quando eu não for nunca mais ou nem vão perceber a falta da mesa com toalha. Irmã Vilma vem me perguntar o que aconteceu e eu digo que não me sinto bem porque ouvi minha mãe falar isso no telefone quando chamaram ela pra trabalhar numa feira de roupa e eu sei que ela não queria ir e disse isso que não se sentia bem e não é bem mentira, é uma verdade, tem várias formas de não se sentir bem. Irmã Vilma diz que é uma pena porque eu sou a cara da Virgem e aí ela esmaga de novo o meu cabelo na cabeça e essas velhas sabem da força que elas têm ou acham que são mais fracas do que são e que não vai doer fazer isso nas pessoas porque ela continua esmagando meu cabelo como um ferro de passar enquanto diz que alguém precisa carregar a Virgem que eu sou a cara da Virgem e ela é portuguesa e fala tudo num sotaque de mil anos.

Eu devia ter quebrado a santa porque era ela ou eu. Minha vida na escola agora é me esconder do Gaspar e da freira e no recreio eu vou no parquinho olhar a cara vermelha do Augusto de tanto correr no pega-pega.

Mudou nosso presidente e mudou também nosso dinheiro e papai senta do meu lado e me mostra a nova nota de um real e eu finjo que é interessante mas não faz o menor sentido mudar o nome, então é tudo inventado, até dinheiro. Mas com o dinheiro mudado eu posso agora colecionar papéis de carta em grandes pastas com plásticos e o melhor das pastas é o cheiro. Tem os papéis grandes e os pequenos e na maior parte são desenhos de ursos com brilhinhos nos olhos ou fadas e duendes ou estrelas no céu e esses são meus preferidos os de céu. Queria ser dona de uma papelaria é isso o que eu quero ser quando crescer e aí vou ter todos os papéis de carta e todas as pastas de plástico e os cadernos e as canetas com glitter e os adesivos. Eu ajoelho pra ver os papéis colados no vidro eu quero ver o que fica bem embaixo, é um cometa cintilante e o vendedor me olha de cima rindo e diz então você tá de quatro. Rio porque acho que deve ser engraçado e penso se a piada é sobre eu parecer uma vaca ou um cachorrinho ou um gato ou um cavalo.

É que com essa mudança eu posso finalmente te mandar pra Disney e isso vai ser dentro de dezesseis meses que é o tempo das parcelas mas não fala pra sua mãe que eu tô te contando que foi uma decisão entre te mandar pro João de Deus ou pra Disney e eu votei Disney já que era pra gastar dinheiro porque acho que é mais uma questão de você aprender a se divertir. Que questão, papai, eu quero perguntar mas ele tá pagando no dinheiro novo e só tenho muita pena e tento sorrir mas meus dentes eu decidi esconder pra todo o sempre, ainda mais agora que Augusto apareceu namorando uma menina de aparelho com braquetes coloridas e não fica feio nela mas ficaria horrendo em mim, pior que o dente. Stéphanie, com *ph*. Ela tem uns olhões redondos que brilham. Eles brincam de pirata mas sem tubarão, sem corda, com tesouros do dinheiro que não vale mais entre as ilhas dos pilotis, de mão dada nos patins, segurando pra não rir tão alto que já veio bronca de vizinho. Papai tá me mandando pra Disney pra eu aprender a beijar só pode ser. João de Deus ia fazer o quê, um feitiço. Aí na Disney vai ser o quê, um monte de gente que não sabe beijar tudo junto abraçando boneco grande com pessoa dentro.

Agora eu ganho uma mesada mas não sei ficar rica porque gasto tudo em revista de ginástica com mulher de biquíni na capa forçando a barriga encolhendo o umbigo bem no meio de tudo trincado de tão duro. No balé a professora diz como é enorme minha bunda que na Rússia isso não seria possível que só no Brasil tem que tirar medida de uma por uma que na Rússia as fantasias são feitas direto dum único molde e todas as bailarinas têm que caber e se não cabe tá errado. Então por que que tem balé no Brasil. A melhor aula é quando a professora manda todo mundo sentar e ela fica só contando as histórias. Tem que anotar tudo porque sempre tem um castigo. Se alguém deita eu deito também mas nunca sou a primeira. Hoje ela contou Giselle. Ela gosta de um moço aí o moço não dá bola aí ela morre de amor aí lá no inferno das bailarinas elas matam cada homem que aparece jogando um feitiço e fazendo ele dançar até morrer aí cada um dança até morrer, como é que dança até morrer, deve ser se jogando num chão cheio de prego e lego pontudo. Ela, a Giselle, com pena do moço que não deu bola pra ela dança no lugar dele e ele não morre mas ela já morreu então não morre de novo. Não entendo muito a vantagem mas é bonito na foto ou parece bonito porque é balé, eu não sei ainda o que acho bonito e o que não acho bonito mas isso deve ser. Tule é bonito porque é transparente mas não é, dá pra ver mas não dá. Quem faz a Giselle é sempre a primeira bailarina, a menina que é sempre linda e magra e meio triste e sem a unha do dedão de ficar na ponta do pé.

Mamãe falou que eu tô numa fase chata. Tá chato mesmo. Aí ela manda eu tirar a pelezinha dos grãos-de-bico.
São cerebrozinhos.
Às vezes bundinhas.
Às vezes cocozinhos.

Como esquecer alguém, revista *Capricho*? A gente só esquece verdadeiramente alguém quando ama de novo mas amar de novo quem, revista *Capricho*? *Que tal o Abominável Homem das Neves? Em 1961 o governo do Nepal decretou sua existência como oficial.*

O Nepal teve a primeira luta armada revolucionária depois que acabou a Guerra Fria. Aí o professor Murilo manda a sala se dividir entre quem torce pelos Estados Unidos e quem torce pela Rússia. Tem que mudar de lugar e fazer mesmo uma divisão aí é um barulhão de carteira arrastando, esse é o som da guerra, pessoal, Murilo faz que rege uma orquestra o cabelo comprido num rabo e tem bem mais gente do lado dos Estados Unidos e eu tô indo pra lá também porque logo mais vou conhecer a Disney mas aí eu vejo que Gaspar tá indo pro lado da Rússia e como ele é sabido tipo na questão dos mouros e cristãos eu vou pra Rússia também só tomara Deus que ninguém tenha visto eu mudar de ideia quando olhei pra ele tomara tomara tomara mas Deus viu mas aí Jesus perdoa depois aí Murilo pergunta se olhando assim na divisão da sala quem a gente acha que ganhou a Guerra Fria e aí o lado de lá ganhou fácil e eu devia já saber e ter ficado ali mesmo. Que droga que eu vim atrás do Gaspar. Esse é o mundo bipolar Murilo fala, mamãe também é eu quase quero dizer só pra falar alguma coisa. Os dois lados têm a bomba atômica ele fala com os braços levantados apontando pro céu que é de onde a bomba cai e o que vocês fariam com ela se tivessem uma e começa uma guerra de bolinha de papel e Murilo balança a cabeça baixa e fala pra gente imaginar um muro separando os dois grupos por trinta anos. Imaginem só vocês na meia-idade se reencontrando, alguns com filhos, outros completamente diferentes, irreconhecíveis.

Eu quero olhar pro Gaspar e ver ele me olhar mas só consigo engolir um salivão. Porque a gente tá do mesmo lado do muro e vai ter que casar mesmo que eu nunca aprenda a beijar porque não tem quase mais ninguém aqui só os nerds com muita espinha na cara. Quem tá nos Estados Unidos escolheu por qual motivo? O Kevin, a Maíra fala e o grupo de meninas do lado de lá ri do mesmo jeito ri ri ri e começa a cantar *"As long as you love me"* e os meninos falam não credo McDonald's Fridays Edward Mãos de Tesoura Pizza Hut Microsoft Lakers hot dog eu queria tanto tá do outro lado pra gritar as coisas que sei tipo Pica-Pau e Punky e eu nem sei gritar então melhor tá aqui mesmo popcorn Chicago Bulls Adidas chega chega chega Murilo fecha os olhos como se tivesse tomado uma paulada bem no meio da testa e tivesse doendo muito. Agora quem tá na Rússia escolheu por quê? Porque aqui pelo menos se tentou uma outra forma de sociedade Gaspar diz todo retinho e Murilo pisca pra ele e pergunta pra mim, e você, Lina, por que escolheu a Rússia e eu só sei de uma coisa então digo essa coisa que sei que é pelo balé que tem lá e pra mim Murilo não pisca e o bloco dos Estados Unidos tá agora vaiando muito a gente porque os nerds do meu time tão falando de literatura russa com nomes enormes que não dá pra repetir.

Tirei um B em religião. Não entendi.

Então quem chegar por último é a mulher do padre. Eu não escuto porque tô pensando por que que o canteiro chama canteiro se ele fica no meio de tudo aí saio correndo sem vontade e chego por último no Prédio Secreto e sou a mulher do padre porque cheguei por último e agora tem um bando de gente apontando o dedo e me chamando de mulher do padre e eu não sei o que isso significa. É a freira? Tão me chamando de freira? Mas a freira não é mulher do padre, é mulher de Jesus, ou de Deus, e também não sei por que às vezes chama um e às vezes o outro, a freira fica com o pai e com o filho mas e o espírito santo, e padre não tem mulher porque não pode casar então a mulher do padre é uma amante secreta escondida proibida ou é uma mulher que não existe. Ou é a que já morreu e morre de novo dançando no lugar do menino que ela gosta. Ou é a Wendy que gosta do Peter Pan mas ele só quer ela de mãe. É. Não é? Como você chegou por último é você que vai entrar primeiro. Tá bom. E sozinha. Tá bom. So-zi-nha. Tá bom. Sozinha é uma paroxítona com dígrafo de consoante. Se alguma freira me pegar aqui eu vou dizer que me perdi, ou que machuquei, ou que chorei, ou que fugi. A porta é pesada e alta de madeira e range igual quando Chaves entra na casa da Bruxa do 71. Fecho ela na cara da Maíra. Maíra é má com traíra. Só não quero encontrar a Irmã Vilma. Casa de freira só podia ser escura. Da guerra igual nosso porão. A montanha de pano ali, que droga, vai vir falar que eu sou a cara da Virgem.

Ela vira, não é Irmã Vilma. É Irmã Dulce. Nossa como ela tá velha. Dulcineia. Teve um marido que ela amava muito e ele morreu num incêndio dum trator que pegou fogo na fazenda e ele não queria largar o trator que ele amava muito e morreu queimadão. Aí ela casou com Deus e deu a fazenda pros pobres. Eu não sei se ela é boa ou meia louca. É meio louca. Ela me viu. Oi, Irmã Dulce. Olá? Eu vim saber como anda a senhora, a senhora me ajudou quando eu furei a mão num prego a senhora lembra? Eu não escuto, minha filha, repete. O prego. A mão. O buraco. Quer biscoitinho, minha filha? Posso encher a mão, Irmã Dulce? Só não conta pras suas coleguinhas, como é mesmo seu nome? Lina, meio cuspindo. Biscoito seco. Sequilho. Você é estudiosa, Lina? Não sei. Como não sabe? Eu só sigo o que tem que fazer. Senta, Lina. Sequilho na mão cheia, eu não sei sentar, sofá de carpete, o braço é marrom e torcido, tem cruz em todas as paredes, o nosso marido, você quer me perguntar alguma coisa, Lina, eu gostaria sim, o que significa ser a mulher do padre? Oh! Desculpa, é blasfêmia? Ela tem uma correntinha fina e dourada com outro jesusinho pendurado. Não consigo contar todos os jesuses que eu tô vendo. Ela enruga a boca mais ainda. Não é blasfêmia é uma lenda que vem da Idade Média e ela abaixa o queixo e diminui a voz. Eu amo a Idade Média tem princesa. Levanta um dedo como se ligasse ele por um fio invisível com o céu de onde vem a história certa. Diziam que a mulher que seduzia padre era castigada virando mula sem cabeça. E saía galopando pelos vilarejos e assustando as criancinhas com correntes presas nas patas e a frase parecia que não ia acabar mas ela para de falar. Irmã Dulce puxa o terço no pescoço como se fosse cair. As sobrancelhas fininhas tão no meio da testa e o olho caiu no potinho do biscoito. O biscoito tá todo grudado no céu da minha boca. Tá mais pra teto. Meu pai cai do andaime outra vez. Se eu falar eu tusso então fico quieta também. Imagina seduzir um padre como é que faz. Mostra um ombro? Tem que ter ombro. E vira freira quem não gosta de beijo? Uma pomba bate no vidro a Irmã Dulce assusta, e pisca, e me olha, e quero pedir que ela empreste um vestidão preto desses pra eu colocar na cabeça mas sem passar pela cabeça, deixando ela coberta, aí eu assusto a Maíra dizendo que virei a mula sem cabeça que seduzi um padre mostrando o joelho aí ela abre a boca e eu enfio um monte de sequilho e ela vai tossir até amanhã e vai atrasar pra aula e vai levar advertência. Mas bate a sirene de ataque nuclear. Irmã Dulce me oferece a mão. É uma coisinha pequena sem osso, veia e pele gelada de lagarto. Eu seguro a respiração e dou um beijo cheio porque faz parte do disfarce. Irmã Dulce faz um oh e eu acho que ela vai dizer alguma coisa. Não diz nada só me olha a boca aberta. Saio de ré porque deve ser falta de educação virar de costas pra tanta cruz. Meu coração bate palma pra minha coragem e todo mundo vai saber que eu entrei sozinha no Prédio Secreto e comi biscoito e que não tem nada a ver essa coisa de mulher do padre que todo mundo tava pensando que era e que eu descobri a verdade, que sei uma coisa que só eu sei. Atrás da porta não tem mais ninguém.

Mamãe não tá fixando muito bem a bolinha preta do olho, fica tipo formiga no suco.

Eu podia virar freira e rezar na Dutra pra não ter acidente.

Vai ter um dia aberto numa agência de modelos eu recebi o papelzinho na porta da escola. A menina de franja diz que eu tenho que depilar as canelas pra ir lá, que tão peludas. Vou com ela num salão e a mulher me manda ficar de calcinha. Ela usa uma blusa que deixa aparecer o sutiã vermelho a renda assim em cima e a alça inteira e não sei se isso pode ou se não pode. Ela olha muito pra minha virilha, olha demais e pergunta se eu quero fazer ali também. A franjinha faz que sim e aí penso que um dia eu posso entrar na fanfarra de colã e esnobar o Gaspar e os dedos de abominável homem das neves da depiladora pinçam pra passar a cera com bastão que tá quente quente e ninguém nunca mais encostou aí desde os príncipes. Aí eu me sacudo e falo que não que não que é só a perna mesmo mas agora eu já coloquei cera ela fala, tem que tirar, se não vai colar na sua calcinha e na calça e vai doer muito quando sair deixa eu puxar logo e eu falo não enquanto ela puxa o papel que nem vi colocar e dói de eu quase gritar outra vez só que não grito. Agora o outro lado se não vai ficar estranho, ninguém vai olhar e tiro a mão dela de mim. A franjinha ri que nunca tinha visto uma virilha só depilada e eu sou um pirata outra vez.

 Aí já é *open day* da *modelling agency* e tem uma fila enorme de menina que fez escova no cabelo e eu não sabia que tinha que fazer escova no salão e mandam a gente desfilar e faço a cara mais fechada que posso porque é como eu vi num desfile no shopping. E me dizem que fui bem mas que fiquei muito séria, nem um sorrisinho? Mas nunca vi modelo dar sorrisinho é sempre aquela cara chupada e um homem barrigudo de camiseta preta e justa me diz que tenho futuro e que eu devia fazer um book. Ele fala pra mim e pra todas as outras que tão aqui mas fala pra mim. Mas porque chama book se é pasta de plástico. Eu não sei, Aline, é Lina, mas custa seiscentos reais ele fala o barrigão. Não, porque você vai pra Disney papai responde quando eu ligo e nem tenho coragem de dizer que meu sonho é ser modelo e não ir pra Disney primeiro que ele que tá pagando segundo porque nem sei o que é sonho assim de verdade, acho que é tipo desmontar o quebra-cabeça do que você vive no dia e recombinar as peças só que tudo torto e misturando com qualquer outro quebra-cabeça do mundo tipo ontem que tive aula de Napoleão. Nunca tinha ouvido falar nele. Tava nas pinturas sempre com a mão dentro do casaco o que podia ser uma dor de estômago mas falam também que ele guardava um frasco de perfume que ficava segurando ali o que é uma ideia idiota porque quem fica segurando um frasco de perfume o tempo todo? Fora a palavra frasco. A dor de estômago também é idiota porque ele podia mudar a pose um pouco só pra sair melhor no retrato. Aí como ele tava com o braço direito sempre ocupado segurando perfume ou sei lá eu sonhei que virava o braço direito do Napoleão. Eu andava de cavalo do lado dele. Nunca andei de cavalo morro de medo, no sonho meu cabelo balançava. Aí ele falou assim que a Alemanha tava prestes a inventar uma cerveja muito boa e que ele queria aquela patente. Aí eu falei deixa comigo Napoleão e peguei um mapa-múndi e recortei a Alemanha que nem era Alemanha na época e colei ela dentro da França. Pronto, Napoleão. Ele ficou muito feliz e eu também fiquei.

Infelicidade pode derrubar um muro? Prova final de geopolítica. Respondam sim ou não e desenvolvam. A calça do Murilo é mais comprida do que devia porque ele é baixinho e o All Star fica comendo a barra. Tá toda rasgada. Minha mãe se visse ia mandar ele tirar pra costurar, fazer direito, não tem mãe esse professor? É maconheiro. Professooooor, que difíciiiiiil o teeeema. Não é difícil, sabe por quê? Porque não tem resposta totalmente certa nem totalmente errada. Então ninguém vai tirar dez? Ninguém vai tirar dez. Nem zeeeero? Nem zero. O cabelo dele é grande e ensebado. As unhas da mão esquerda são curtas e sujas e as da direita são longas e sujas. Toda aula ele fala do Belchior. Ele quer que a gente goste mas a gente não conhece então a gente não gosta. Ele às vezes parece que não toma banho. Mas aí depois ele aparece todo de cabelo molhado e penteado pra trás e de colete tipo um mafioso. Mafioso é um tipo de homem. Nesses dias a espinha eterna dele tá mais seca e dá vontade de encostar a bochecha na hora de dar oi. O desodorante dele não é ruim misturado com suor. Se eu beijar o professor não vou encostar no cabelo dele, vou deixar a mão no ombro onde tem caspa mas é seco. Eu preciso ir muito bem, eu preciso de um nove. Levanto a mão e esqueço de encolher a barriga aí eu lembro, ô professor Murilo! Aqui! Encolho mais. Ele abaixa bem perto e murmura fala, Lina, ele sabe meu nome. É que eu queria saber, e chego mais perto do ouvido dele e tentando fazer um bafo quente pergunto se a resposta pode ter sim e não ao mesmo tempo. Ele me olha e o olho dele é bem bem preto e vem bem bem perto e fala: poderia se você não tivesse perguntado. Agora que perguntou vai ter que escolher sim ou não. Aí ele cola a boca no meu ouvido e o bafo é muito muito quente e sopra eu não quero a sua opinião eu quero o seu argumento. Mas não é a mesma coisa? *É? Não é? É? Não é?* Ele balança a cabeça igual bobo e fala é não é cinco vezes e aí ele aperta meu nariz. Queria tanto que meu nariz sangrasse bem agora e ele ficasse todo culpado e me levasse na enfermaria e ficasse do meu lado dando a mão. Se hoje tivesse mais seco seria possível. Se esse for um cacoete dele pode acontecer um dia. Aí cai uma gota na minha blusa e eu vou ter que tirar a blusa. Aí no dia vou usar o sutiã preto que mamãe falou que era pra eu usar só com roupa preta mas eu ia usar nesse dia. Mas agora nesse momento preciso fazer a melhor redação da sala, vamos lá, vamos lá, sim não sim não sim não, infelicidade muro tristeza? Infelicidade é tristeza? Se for eu sei a resposta. Além disso, prefiro a palavra não. A infelicidade faz a pessoa comer muito ou comer nada, e nem muito nem nada é bom pra saúde. Porque de qualquer jeito é tipo regar errado uma planta. Esquecendo alguns dias e enchendo ela de água depois. Ela fica fraca. Planta fraca não aproveita o sol. Peixe sem água morre sem solução. Gente fraca não derruba muro. Mas gente forte também se não quer não derruba. Mas melhor tá forte que fraca pra pelo menos escolher. A infelicidade compromete? Prejudica? Compromete a saúde e com a saúde comprometida não se derrubam os muros porque falta força e força é saúde. Um minuto pra terminar. Droga não posso terminar assim. Felicidade é alegria? Ou nada a ver? Acabou o tempo. Só a alegria produz saúde que produz força pra destruir as coisas ruins do mundo. Fim. Horrível. Freira sim, escritora não. Passem as folhas pra frente.

Colocar uma quantidade generosa em todo o couro cabeludo é engraçado um couro cabeludo aí vai trazendo o resto com as mãos em movimentos circulares, esfregar bastante em cima das orelhas aí enxaguar com abundância. Abundância é uma palavra engraçada mas é bobo achar abundância engraçado mas eu acho. Repetir a operação. É muito muito sério passar xampu é uma transação, um protocolo, um impeachment. Murilo é anarquista, por isso não passa. O condicionador você coloca da orelha pra baixo e passa os dedos no meio pra desembaraçar. Cai um monte de cabelo nessa hora e fica tudo na mão tipo uma teia, uma medusa, um bicho nojento e cego, o chão da nossa casa desde que mamãe só dorme, a eficiência dum aspirador de pó não compensa o barulho que ele faz.

Murilo sempre chama os nomes um a um e a pessoa tem que andar até a mesa dele e falar com ele enquanto os outros ficam esperando, é muito chato pra todo mundo mas pra mim é legal mesmo quando dá aflição. Encolho a barriga, aperto o moletom, jogo o cabelo pro lado e vou cruzando uma perna na frente da outra como eu aprendi no *open day* da *modelling agency*. Na mesa eu inclino de braço cruzado pra apertar o peito e a camiseta cair um pouco. Ele é um pato e tá olhando lá dentro. E me dá a folha: nota seis. Seis, professor, eu digo mais fino do que queria bem mais fino tão fino e meio alto que alguém me imita e ecoa meu ganido e a metade acordada da sala dá uma risada de Chaves nas minhas costas. Eu volto pra cadeira derrotada mas empino um pouco a bunda vai que ele olha. A respiração cachorrinho é muito espalhafatosa. Tem que ter um jeito mais quieto de segurar o choro. Eu posso mentalizar uma pastagem. Lina, ele tá te chamando. Vou ter que virar e segurar o choro ao mesmo tempo. Eu viro e volto mas não consigo cruzar uma perna na frente da outra. Você não quer saber por que que eu te dei um seis? É porque o texto tá fraco mesmo eu abaixo muito a testa. Não, não é um texto fraco, você tem um ponto, você só não desenvolveu muito bem esse ponto. O argumento, lembra? Ficou muito curto. Tava com a cabeça em outra coisa? Hoje é dia de ele tomar banho mafioso. Olho no olho preto, olho na boca, a espinha no canto. Mas deve dá pra beijar usando só três quartos do lábio superior, posso chegar mais ali pra esquerda. Lina, onde você tá? Aqui. Sim. Desenvolver. Aí ele levanta tão rápido que quase bate a cabeça na minha porque tô muito perto e eu queria muito que tivesse batido porque eu ia ter motivo pra chorar. Pessoal, pra quem quiser desenvolver em casa e me devolver na sexta eu vou reconsiderar a nota. Ele olha pra mim dando uma quicadinha de cabeça que pode tanto significar na sexta eu vou te beijar quanto pode sair da minha mesa. Eu quico a minha pra mostrar que não tem muro aqui, professor Murilo, nenhum, horrível, ainda bem que pensamento ninguém escuta, mas do jeito que ele tá me olhando eu devo tá só com muita cara de louca.

Então eu tenho um ponto mas não desenvolvi. A tristeza. Tristeza na Barsa. *A Tristeza Parasitária Bovina, também conhecida como boca branca, tristeza, tristezinha, amarelão. Ela causa febre anemia fraqueza apatia e pelos arrepiados. Muitos animais não suportam os deslocamentos do pasto até as mangas do curral, muitos deitam pelo caminho ou ficam para trás. Nos casos mais graves alguns animais morrem durante ou poucas horas depois do manejo. Pela febre os bezerros não mamam o suficiente, pois perdem o apetite e emagrecem porque deixam de se alimentar. A anemia pode ser verificada observando as mucosas oculares, gengival e vulvar, que no caso estarão brancas, amareladas ou ainda com coloração azulada ou semelhante à cor de pérola, indicando redução das células vermelhas do sangue que são responsáveis pelo transporte de oxigênio e de vários processos metabólicos. Os animais que se recuperam de forte anemia podem levar muitos meses para se curar totalmente, mas o atraso no ganho de peso, desenvolvimento corporal e produtivo jamais serão recuperados. Estes parasitas são transmitidos de um animal para o outro por meio de vetores como carrapatos e moscas, mas a infecção pelas agulhas compartilhadas também pode ocorrer. Animais estressados podem manifestar mais rapidamente a doença e isso pode ser observado quando submetidos a manejos (movimentação e desmama) e estresse térmico. A TPB é mais frequente em animais jovens, mas quando afeta adultos no primeiro contato pode ser mais agressiva e fatal.* A vaca louca e a vaca triste pensando bem têm mais poder que as felizes. As felizes produzem leite. As loucas e as tristes diminuem o dinheiro do dono. Mas a tristeza não derruba muro não porque deixa a pessoa perdida pela casa abrindo armário procurando coisa que não tem meio vaga-lume de camisola na luz apagada. A não ser que a pessoa dê com a cabeça na porta do armário pra fazer cair a sombra, ou no muro, aí nisso derruba o muro.

Murilo cancelou a aula de comentários porque tava com dor no ombro, tem bursite, me deu oito. Mas combinado né, Lina, é pra vir sem sutiã no sábado. Vai ter guerra de bexiga de água na quadra. Murilo vai ser o supervisor nesse dia. Tá no mural: Guerra Fria — supervisor: Murilo Diácomo.

Já é sábado e eu tô com medo de só eu ficar sem sutiã com a camiseta molhada. E mamãe falou que não é mais pra eu sair sem sutiã, mostrar o seio. Mas mamãe tá olhando o quê, agora, a infiltração no teto ou a televisão? Então eu vou de sutiã e lá eu tiro. Mas vai ficar estranho porque vão ter me visto de sutiã aí depois vão me ver sem sutiã e vão perceber que eu tirei só pra ficar com a camiseta molhada aparecendo o bico igual a moça do *Fantástico*. Posso ir de moletom aí na hora da bexiga eu tiro por motivos óbvios e vou tá só de camiseta, vai parecer que eu tô relaxada porque é sábado. Lina, tá quarenta graus por que você tá de casaco, tô com frio, papai, tá com febre vem cá, não tô, ai, Lina, você tá suando tira esse casaco, minha filha, não eu quero ir assim porque aí na hora da bexiga eu vô tá suada e não vou sentir tanto frio. Papai não tenta mais me convencer das coisas igual antes.

Tá quente pra caramba. Abrir o vidro do carro.

Índio no sinal pedindo com cara de tristeza parasitária, um pedaço de sombra, igual à da mamãe. Papai dá um real. Mas tem que dar ou não tem que dar, cada um fala uma coisa. Não quero perguntar.

Escola.

Quadra.

Eu tiro o moletom toda suada. Olha a pizza dela rá rá rá alguém vai pensar.

Murilo com apito na boca. Murilo lembra Danilo. Danilo encostava em mim e eu não gostava. Murilo quase não encosta mas às vezes encosta e eu fico arrepiada.

Maíra trouxe camisinhas que ela diz que achou na bolsa da mãe e Vini falou a Maíra é filha da puta e foi expulso da gincana e o pai veio buscar. Camisinha não arrebenta fácil e escorrega, deixa, Murilo, vai deixa deixa! Ela faz um biquinho pra pedir. Eu odeio quando ela faz esse biquinho. Murilo ri, abaixa a cabeça que ele coça com o braço solto que o outro vai na tala da bursite, inflamação da bursa, eu vi na Barsa, queria falar essa piada de bursa e Barsa pra ele, vai que ele ri. Mas eu nem fiquei sabendo que você trouxe isso, combinado? A camisinha. Ela faz que sim com o biquinho. Apito. Eu tenho uma camisinha cheia de água na mão. D'água. É difícil jogar porque ela escorrega e é muito molenga. Atiro, erro, não estoura. Eu quero que alguma estoure logo em mim. Pro meu mamilo aparecer. Pro Murilo ver. Que meu mamilo vai tá duro de frio. Alguém taca no Murilo e molha ele todo, todo mundo dá risada eu finjo rir, finjo achar engraçado, ele joga o apito no chão e pega um balão e entra na guerra com um braço só, pirata, manco de cima, tomara que me molhe inteira eu vou correr bem na frente dele. Corro olhando só pra ele e alguém me acerta nem vi quem. Mas molhou só a cabeça e meu cabelo tá cobrindo minha cara. Nenhuma gota na camiseta. Não vejo mais. A camisinha escorrega. Eu tropeço. Caio no pé do Murilo que desequilibra e cai em cima de mim e me amassa bem na poça, o joelho dele na minha costela, tá doendo, será que ele quebrou minha costela, vai ser bom, vou ter a cintura mais fina igual a Thalía, ou é a Shakira, desculpa, Lina, deixa eu ver se tá roxo, levanta minha camiseta, levanta mais pra ver meu mamilo, professor Murilo, coloca a mão pra sentir se quebrou, isso, ai, desculpa, parece tudo no lugar, tá doendo? É minha chance. Tá doendo. Vem, eu te ajudo, acho bom colocar um pouco de gelo. Eu nem acredito que isso tá acontecendo. Murilo tá com a única mão funcionando na minha cintura me ajudando a andar até a enfermaria onde eu vou ter que tirar a camiseta pra deitar na maca senão vai molhar tudo e aí ele vai colocar gelo bem logo debaixo do meu mamilo e vai me olhar nos olhos e vai dizer você é linda e ele manda eu levantar o braço, eu digo dói, mas dói onde, na costela, deixa o braço assim, ele senta no banco do lado, coloca o gelo, olha muito pros meus peitos, deu certo, eu nem acredito, achei que todos os planos da vida falhassem mas esse deu certo, ele sacode no banco, me olha nos olhos que eu deixo bem abertos pra entrar tudinho, ele chega perto, Lina, espera um minutinho só, tá? Segura o gelo aqui. Foi escovar os dentes com certeza percebeu que tá com bafo, e arrumar o cabelo, com certeza foi ver se tá cheiroso ou se precisa passar mais desodorante. Um dois três um dois três. Eu vou beijar eu vou gostar e vai ser bom. Eu sou linda sou maravilhosa eu não sou freira. Mas e depois como vai ser, professor não pode namorar aluna. Mas escondido pode. Escondido pode tudo. Atrás do Prédio Secreto. Escondido chocolate não engorda. Ele não volta. Vem a Maíra que senta no banco emburrada e cruza os braços e olha pro lado, pra qualquer lado, menos pra frente, Murilo mandou eu ficar aqui com você. Halls preto no pulmão. Como tudo, falhou. Você já gostou de beijar na boca? Como assim. Se você acha bom beijar na boca. Claro que eu acho, quem não acha. Muita gente não acha. Quem. Umas meninas da oitava efe não acham. Quem, a Priscila? A Priscila é bê vê. Bê o quê? Vê. Boca virgem. Eu sou boca virgem de gostar. A maldição da Irmã Vilma eu sabia que ia colar porque é tudo que freira faz então funciona essa praga, esse feitiço esse repita a operação, esse você parece a Virgem, leva a Virgem, esse sequilho essa mula sem cabeça. Acho que tá bom de gelo. Então vamos embora. Na quadra não tem mais bexiga. Murilo tá passando um rodo só num braço, todo torto. Tá lembrando o Quasímodo. Eu sou a cigana Esmeralda. Mas ele não olha mais pra mim. Manda a gente ir embora. E com o olho caído na água preta que ele escorre fala pra eu ir tirar um raio xis, pra me tratar, já entendi, faz eu prometer, sem olhar, são Tomé, raio xis.

O ano acabou de novo. Tô sentindo o gelado de vrum dum carro que passou e já sumiu. De brilho de estrela que morreu. De espuma de onda que quebrou. De olho aberto do peixe que morreu. Morreu de novo não pode. Faleceu? Passou desta pra melhor? Melhor por quê, se ninguém sabe, os espíritos. Tô tentando fazer um poema porque é muito tempo livre. Tempo livre me deixa com esse gelado entre o pescoço e o mamilo. Não quero falar peito, gelado no peito todo mundo fala. E mamilo ninguém fala. E livre o escambau. Se fosse livre mesmo a gente tava pelado em volta do fogo. Quer dizer eu não. Se fosse livre eu tava sendo magra com cintura violão. Se fosse livre mesmo a gente escolhia o próprio corpo. Acho que eu ia escolher ser um menino forte tocador de corneta. Gaspar agora escreve poesia. Apresentou no último dia, foi horrível. Um poema de amor pra não sei quem talvez pra Deus. Em inglês. Pra mostrar que sabe inglês. Ou porque é mais fácil de rimar. *Dog* e *fog*. *Rain* e *train*. *Love* e *God above*. Meu primeiro poema foi pro pirata que eu vi no espelho que era eu. Pirata. Fiquei apaixonada. Me encantei com a paixão. São coisas do coração. Tem que sentir, a professora de literatura fala, eu sinto muito, professora. Vou arrumar o armário. Jogar fora coisa velha. Fazer a mala pra Disney que é semana que vem e tá me gelando tudo. Acho no estojo velho um papelzinho escrito JANALINA. Fico triste mas não sei por quê. Fico muito triste na verdade nem quero comer. É meio horrível alguém sumir. Uma coisa acabar.

Ficar sem saber. Será que ela beija na boca? Será que ficou com corpo violão que virou modelo que namora que é amiga de todo mundo na escola, será que ainda usa trancinha será que ela é feliz será que o pai dela vai mandar ela pra Disney também. Ou pro João de Deus. A pulseirinha caiu faz tanto tempo que eu nem sei. A gente não se viu. Augusto cresceu mas não ficou tão legal. A sombra caiu mas voltou pra testa da mamãe. Pego o álbum da Inglaterra todo empoeirado debaixo da cama e tem um monte de foto de neve. Branco branco branco branco. Se fosse filme seria paradão assim e quieto igual na foto. Tocando piano. Como pode ter tanto frio no mundo e também tanto calor. Por isso que não dá pra fazer tanta amizade. Aqui era meu aniversário. Não tem com quem será em inglês, é bem melhor. Eu tô com a franja torta e a mão na boca escondendo os dentes. Janaína ao contrário tá mostrando tudo com a boca muito aberta. E tá me olhando com cara de louca. Será que ela ficou mais louca do que era. Será que comeu vaca louca. O olho dela tá bem fixo em mim. E brilha. Ela me amava muito e me falava. Nunca falei pra ela mas era muito também. Ela tá de pulôver vermelho e eu de verde. Tem uma coca e o bolo na mesa. E flor de plástico. Garfo de plástico. Eu também tô com cara de louca. O olho abertão igual da boneca. Fiquei louca também e só eu que não sei. Todo mundo me acha louca e ninguém me conta. O peixe tava louco também. Vão me achar louca na Disney isso é uma pergunta. Vou sair com cara de louca em todas as fotos isso é outra pergunta. Não gosto de fazer entonação de pergunta. A voz sai idiota.

Papai me mostra a máquina de foto. Ele chama só de máquina. Coloca nela um filme asa cem com trinta e seis poses. Já devo ter queimado quatro tentando enquadrar Augusto e mamãe e um porta-retrato com a carinha morta da vovó e olha pra cá, mamãe, pra cá, aqui, ainda não sei se eu entendi como faz pro meu dedo não ficar na frente da lente mas é melhor eu parar agora de queimar. Trinta e duas poses pra Disney inteira vai ter que escolher bem o que lembrar papai diz como se me ensinasse uma lição de vida e morte com uma sobrancelha mais em cima do que a outra e mamãe olhando sei lá pra onde e Augusto quicando a bunda no sofá sei lá por quê. Nunca vi tão feliz tão sem motivo. Nem é ele que vai. Quero muito achar que sim então eu acho que Gaspar vai tá no aeroporto hoje pra se despedir. Ou pelo menos o Danilo. Ou então o professor Murilo, de longe, pelo vidro, dando tchau num braço só.

Papai diz que vai ser muito bom eu fazer amizade e retomar o inglês e Augusto pede um Pluto e não amarra o moletom tão assim pra cima da cintura eu sou lembrada por mamãe logo antes de embarcar. Olho pra ela, a sombra tá maior.

Eu tô numa excursão de gente com roupa boa que não tem vergonha de se apresentar. Só eu tô inteira de moletom da mesma cor e é marrom. Oi eu sou tal moro no lago tal gosto de tal Backstreet Boy. As meninas de escova e de novo eu não sabia que tinha que fazer.

Uma das meninas ronca de boca aberta. A outra conta seu dinheiro todo dia de manhã e de noite. A gente tem que usar uma camiseta azul-marinho da CVC e se quiser também o boné. A guia levanta uma bandeira amarela e o grupo vai igual carneiro na cabeça de alguém que quer dormir.

O primeiro parque é o principal onde moram as princesas. Ando num barquinho muito lento pelo Small World onde eu me sinto mais enorme ainda. São muitos os duendes. A guia diz que de noite eles acordam e andam pelas ilhas. Todo mundo ri dela coitada que trabalho horrível.

Eu devia chorar porque vim até aqui pra ver isso e aperto os olhos quando eu vejo a Ariel porque eu gosto muito da Ariel. Na história antiga que a mamãe contou num dia bom trançando meu cabelo ela ama um príncipe e vira humana quando vende a voz de cantora pra bruxa. No fim ele casa com outra e ela se joga no mar mas não é mais metade peixe aí morre afogada e vira espuma e vai ser a filha do ar. A moça que faz Ariel usa uma peruca muito falsa e lente de contato azul. O peixe do seu lado parece bobo porque é grande, um peixe-homem, deviam ter colocado pelo menos um menino.

Todo mundo parece mais velho do que eu mas todo mundo sempre parece mais velho do que eu.

Nos quartos do hotel eu fico no canto com sono e sem a menor ideia do que dizer ou fazer ou fingir.

Elas falam de bandas e eu não conheço bandas só Mamonas que é meio de criança ah então você é nerd, não também, e do que você gosta então? E aí eles não esperam eu responder e procuram pornô na tevê e aí tem um canal mas aí tem que ligar na recepção e um menino chamado Conrado liga e finge que é o pai dele e corre esse risco enorme mas você tem certeza e ele sorri do aparelho e faz voz grossa e diz seu nome completo que é mesmo o mesmo nome do pai e ficamos vendo uma mulher soltar laranjas da periquita. O filme acaba com dois homens esguichando infinito na cara dela e eu tenho perguntas mas não faço nenhuma. Alguém diz: pelo menos atriz não usa língua pra beijar.

Um menino muito alto que é irmão de uma dançarina da Xuxa diz que é coadjuvante de novela e manequim e me mostra umas fotos que ele tem dele mesmo na carteira de velcro pra provar que é modelo e me pergunta se eu queria ser modelo e eu faço que sim sem dizer e depois me pergunta se eu quero ir com ele pro corredor e eu digo tá bem e me leva segurando na mão e deve ter uma máquina pra comprar uns chicletes diferentes e aí não tem nada pra olhar ele pergunta se eu gosto de brigadeiro e eu digo que sim odiando dizer sim mas não podendo mentir porque eu gosto muito de brigadeiro e cadê a máquina de brigadeiro que na Disney tem máquina de tudo e uma vez alguém me disse que o céu azulzinho é chamado de brigadeiro e que Hiroshima tinha céu de brigadeiro logo antes de a bomba cair e matar cento e quarenta mil.

Ele pergunta se eu gosto de beijinho e me beija e não acredito como isso aconteceu mas aceito porque é bom finalmente aprender a beijar é pra isso que eu vim mas quando a língua dele entra eu puxo a minha como um girino no laguinho e me pergunto até quando isso vai acontecer e seguro um vomitozinho na garganta torcendo muito pra ele não notar o azedo e faço meu primeiro falso bocejo e coço os olhos preciso dormir. Tá cedo ele enfia a língua de novo e pela câmera de segurança alguém vê que deixo os olhos muito abertos enquanto

me concentro em não vomitar na boca do menino modelo manequim que aperta minha bunda como devem apertar as massas de pão. Vem pro meu quarto, tá vazio, eu não quero eu não gosto muito disso aqui que a gente tá fazendo mas como eu não digo nada ele aperta o botão do elevador que abre num plim e aperta o vinte e dois e o meu andar é o nove e a gente tá no catorze que era pra ser o treze mas nos Estadius Unidius não tem andar treze porque dá azar ele me empurra pra fora quando chega e me arrasta pro quarto e enquanto tenta abrir a porta eu sei o que tenho que fazer e tá tão fácil

é só deixar vir e eu deixo e vomito no peito estufadinho céu de brigadeiro do manequim modelo e volto correndo pro elevador aperto plim ele abre e nem penso e só pulo pra dentro num *padechá* que é o passo do gato com rabo enquanto foge.

Elas perguntam se eu beijei o Júlio e ficam batendo na porta gritando se eu acho que tô no Brasil pra tomar banho longo assim eu abro mais ainda o chuveiro.

Eu coloco o freio de burro e sonho que enfio cada ponta do aparelho na garganta de cada uma delas igual a bonecona da Xuxa dizem que fazia com a unha e pararam de vender.

Eu como tanta pipoca e tomo tanta coca que tudo custa só um dólar que vem escrito *in God we trust* antes da montanha-russa e os copos são enormes e os sacos e a Disney é um lugar de sempre quase vomitar. Minha cara tá torta e eu quase vomito mas concentro pro vômito descer e virar uma dor de barriga pra resolver depois e funciona um dois um dois um dois.

Compro uma jaqueta jeans do Hard Rock Cafe que eu uso com uma calça jeans e tiro uma foto entre pelúcias do Tico e do Teco fazendo uma boca aberta de alegria tão falsa mas tão falsa tipo no balé que dá muita vergonha pensar nessa foto revelada e peço o autógrafo da princesa Jasmin e compro o Pluto do Augusto. Não dá pra pular nenhuma etapa.

Taverna medieval. Frango com as mãos. Coca em caneca de ferro e coroa de papelão. A minha é preta e branca e eu devo gritar *black and white* e do outro lado são amarelas e azuis e devem gritar *yellow and blue* é tipo inglês pra idiotas e bater os pés no chão e os punhos nas mesinhas de madeira a palavra punho é tão tonta e as caras engorduradas e as canecas escorregando e nesse outro time tá o manequim modelo colocando a mão engordurada no ombro muito bem desenhado de uma menina loira e alta e magra. Eu bato a caneca de coca na mesa e com certeza eu fico muito vermelha. O cavaleiro perde o controle e atira a lança bem no olho esquerdo e verde da menina loira e depois vai lá enfiar de vez a espada até atravessar a cabeça dela como um toureiro e o manequim olha pra mim e agora me acha muito mais bonita do que ela e pisca como um Backstreet Boy.

O manequim modelo anda na minha frente eu olho a bunda dele é grande e dura a calça justa e ele entra no salão do café da manhã e os meninos batem os punhos na mesa e gritam como ontem mas gritam britadeira britadeira britadeira.

Sento com as meninas de escova eterna do meu quarto que já tinham descido porque eu sempre desço depois pra ficar um tempo sozinha olhando pro teto fingindo que tô lendo *As brumas de Avalon* mas, Lina, você não sabe ainda?

Não, eu não sei porque nunca sei de nada e ninguém nunca me conta aí elas se encolhem e tapam meia boca, gêmeas, e falam quase juntas que a Marisa foi sozinha pro quarto do Júlio e o pinto dele era tão grande que deslocou o útero dela alguma coisa assim e ela teve hemorragia e foi pro hospital.

Deslocou o útero dela? Sei lá, mexeu em algum órgão ali mas ela sangrou sem parar e teve que chamar a ambulância. Ela era virgem? Parece que sim. Parece que vai ter que operar e os pais dela tão chegando no próximo voo do Brasil. Korn Flakes tem mais sódio que eu pensava.

Desculpa, Jesus, na verdade eu não queria que o cavaleiro enfiasse a lança no olho dela, foi brincadeira. Eu só queria que ele olhasse pra mim mas agora nem quero nunca mais.

Desculpa e obrigada por não ter sido comigo, meus pais iam gastar todo o dinheiro novo no voo. Ainda têm duas fotos pra tirar e a viagem acabou. Mas tem que bater tudo pra revelar depois.

Papai vem me buscar no aeroporto e me abraça muito forte e me leva pra tomar um sorvete e a gente senta na mesinha melada de plástico com cones de morango ele pergunta se foi boa a viagem se eu fiz amizade se engordei e mamãe tá doente outra vez. Bastante. Uma pomba pousa no tampo. Bica uma casca velha. Fico tentando não perder as gotas do sorvete que derrete como se tivesse aqui do lado um secador de cabelo. O leitinho rosa por dentro da manga da jaqueta do Hard Rock Café rola até o cotovelo.

Mamãe me dá cinco sutiãs. Você fica por aí mostrando o seio, não é bom. Fala que logo logo eu vou sangrar por baixo e me dá um pacote de coisas parecidas com as palmilhas do papai. Então mamãe vai passar um tempo numa casa de repouso. Ela vai olhar prum ventilador com pombas cruzando os buracos do teto e desfazendo pouco a pouco o prédio e os farelos caindo na mamãe que repousa, a neve da Rússia, uma chuva bem fina de lasca de tinta que vai deixando os cílios dela mais pesados até que um dia não abrem mais.

4

Sonhei que a pobreza do mundo era redistribuída por sorteio e meu nome foi o primeiro chamado na rodinha ali da Tele Sena então eu era a primeira nova pobre do mundo e não tinha ninguém pra reclamar. A loira peituda de escova que tirou a bolinha só dava tchau e sorria. E agora um pedaço de fita crepe dá o nome da pessoa na carteira em ordem alfabética E, F, H, ninguém com G na sala este ano. Eu vou sentar perto de gente com nome começando com L ou K ou M no meião que é sempre morno. Meu sonho era chamar Zuzu e ser a última. Mentira. Os Adrianos e as Biancas e as Camilas devem ser os mais obedientes e a Vanessa ou a Virgínia a bagunceira e o Vinícius o garoto problema enquanto as Marcelas, os Julianos e as Natálias vagam pelo meio do caminho feito sombras como eu. Menos Maíra que é traíra. Acho injusto o nome mandar na ordem das coisas que vão acontecer na sua vida se bem que qualquer outra ordem é injusta por igual. E numa fita crepe amarelada e sem cola na ponta entre Leonardo e Luana: eu. Parece que a gente é irmão, ou uma banda. A cadeira tá quente, alguém tava sentado aqui antes. Olho embaixo do tampo se não tem chiclete que vai colar no meu joelho ou uma bomba de gás de pum ou qualquer armadilha que eu colocaria pra mim mesma se eu não fosse eu. Tem rabisco de estilete em vários tamanhos. Um A circulado que não é de Anjo se repete e repete e repete. Deve ser uma mesa trazida do fundo de alguém de nome com U, Ulisses, Ulina, ou do Vini. Sentou agora do meu lado um menino de cabelo cacheado até os óculos, meduso, nem olho muito. Ele estica o pescoço pra ler meu nome na fita e o cacho balança e faz humm e aponta a fita dele e ele é o Leonardo. Será que ele achou meu nome bonito ou idiota. Humm o quê, Léo, não pergunto. E sorri por ruguinhas meio aparecendo meio escondidas nos óculos grossos que ele aperta no dedo comprido e mostra dentes tortinhos de um jeito que dá vontade de passar só a pontinha da língua pra sentir a diferença das teclinhas, degrauzinhos, só a pontinha. Sardinha. Uma argolinha só na orelha direita, pirata. Aí chega a menina suada que só pode ser a Luana com uma pasta cheia de folhas com fotos e grita com o cabelo grudado na cara que são os pedaços dos Mamonas Assassinas. Eu quero colocar esse cabelo atrás da orelha dela. Usaria uma pinça porque é meio nojento. E junta uma rodinha que esbarra na minha mesa e eu não tenho muita escolha. Acho idiota olhar essas fotos mas olho mesmo assim e tento não perceber muito. Desfoco a vista pra ver além das folhas tremendo as pálpebras e se Leonardo olhar agora vai achar que eu tenho problema. Não olha agora, Léo, por favor. Eu não escutei tanto assim Os Mamonas Assassinas mas agora que eles morreram eu pedi pelo amor de Deus o CD e são dois peitos bem grandes na capa, tem a letra toda e eu fico cantando junto, é engraçado, como é que um acidente mata uma banda inteira e ainda mais uma banda engraçada, acidente era pra ser mais tipo enfiar a perna no bueiro, cair no lago. Aí ficam falando que vão abrir a caixa-preta e é místico isso, parece que vai sair uma voz de lá de dentro com a verdade sobre tudo. Eles não tinham cara de tão mais velhos do que eu mas podem ser as roupas de criança. Mostrou gente que foi lá pra ver se não achava um estilhaço, um pedaço de osso, uma coisa pra lembrar.

A professora de aro muito grosso muito mesmo que parecem pires entra e manda todo mundo sentar e você aí das folhas qual seu nome, Luana, então, Luana, por gentileza joga isso fora que é falta de respeito com os mortos. E falando nisso vamos rezar um pai-nosso pra eles. Não entendi por que pai-nosso, pai-nosso fala nada dos mortos, pai-nosso fala do pão nosso, pão eles tinham, eram ricos, talvez seja a parte do perdoai as ofensas, e do livrai-nos do mal uma coisa de juízo final e amém e agora todo mundo vai se apresentar, vamos lá, Abba, pode começar. Quem é você? Fala o nome e o que quer ser quando crescer. Sou tenista amadora e quero ser profissional. E daí que é tenista. E seu nome Abba é por causa da banda? Sim, meus pais adoram, já foram até pra Suécia. E daí. Eu morei na Inglaterra. E também adoram palíndromos. Quê? Palíndromo é uma palavra ou frase que dá pra ler de trás pra frente e de frente pra trás tipo o meu nome. Fala outra então espertalhona. Otto. Reviver. Luz azul. Após a sopa. Arara. Ana. A sacada da casa. Ame o poema. Uau vamos bater palmas pra Abba! Eu não vou. E você sabe cantar alguma música do Abba, Abba? Sei, claro. Quer vir aqui na frente? Meu Deus ela tá levantando e tá indo na frente da sala pra cantar ela não tem vergonha nenhuma disso. Ela tá dançando de batom e tiara e cantando "Dancing Queen" inteirinha e o pior é que a voz dela é afinada. Vai desafina. Vai agora. Desafina. Ela tá olhando no olho de cada um da sala inteira. Olha pra mim abaixo a cara. Não quero contato com Abba. Olho muito mas muito de cantinho pro Léo e ele não pisca e sorri de fininho. Ela parou nele uns dois segundos a mais que nos outros que eu tô contando. Vaca. Acaba logo essa música. Acaba. Vai acaba. Vacacaba. Acaba logo, Abba. Vacacabba. Abracadabra. Acaba logoooo. Breno quer ganhar muito dinheiro, quer comprar o mundo inteiro e só não vai carregar ele nas costas igual o Atlas porque vai mandar construir um guindaste de Marte pra fazer isso por ele. Ele ri olhando pro lado esperando um okey que é engraçado mas não é. Karen quer ser paraquedista. Mas você quer ser da polícia ou do exército? Não, só paraquedista. Eu não pularia nem se me pagassem mil reais porque tem gente que quebra as duas pernas batendo em prédio. Leonardo diz que é Léo e que não sabe dizer mais do que isso porque o futuro não existe e como ele é bonito todo mundo ri. Eu quero copiar o Léo porque faz sentido o que ele disse mas vai parecer que tô a fim dele então eu preciso querer ser alguma coisa mas modelo eu não quero mais e freira eu desisti porque rezar é muito chato eu sou Lina e quero boiar no Mar Morto andar de foguete dormir quinze horas por noite e eu quero ser a... a... atriz. Uau, a Luana diz antes de se apresentar como minha colega de palco, que também quer ser atriz, ela sorri, muito, suada, o cabelo na cara, um exagero, não sei por quê, deve ser coisa de atriz, e a professora pergunta então meninas de qual atriz vocês gostam e Luana fala Nicole Kidman e eu sei lá nunca pensei nisso Malu Mader. A tortura acaba com o Vini dizendo que quer ter uma banda de reggae e a Luana me chama pra tomar lanche no intervalo e eu digo que não posso porque tenho que ler os índices dos livros.

Vem o sangue que a mamãe falou com uma dor de barriga só que de costas e eu entendo o uso do negócio que parece palmilha e não era e chama modes que é tipo quem fala rosa pink. Eu erro onde cola o adesivo e é tipo depilar tudo de novo e acaba tão rápido o pacote e não tenho coragem de pedir que papai compre modes então fabrico os meus próprios modes porque parece algo muito simples de fazer: são duas camadas de papel higiênico e algodão no meio grampeadas pelos lados. Faço uma pilha de dez e deixo no fundo do armário. Se alguém perguntar são travesseiros pros comandos em ação do Augusto.

Todo dia são várias apresentações pra todos os professores. São muitos professores. Murilo esse ano não tem e ainda bem porque eu nunca mais vou olhar pra cara dele se tá seca se tá oleosa. Tem que falar o nome e o que quer ser quando crescer. Tá todo mundo repetindo o que falou na primeira vez então eu repito também. São muitas vezes Abba cantando "Dancing Queen". São muitas vezes a cara linda do Léo. São muitas vezes eu mentindo que quero ser atriz. Mas ser atriz é mentir todo dia então de repente eu já tô sendo.

Tento me afastar da Luana mas não dá porque a carteira dela é do lado da minha que eu arrasto um milímetro por dia pro lado da carteira do Léo. De óculos de vovô. As ruguinhas ele tem quando sorri e os olhos encolhem e as lentes entortam um pouquinho. Eu rezo pra Deus antes de dormir que eu vire uma pessoa muito engraçada e esperta e bem mais rápida pra pensar as coisas pra fazer Léo sorrir e também pra que mamãe consiga olhar as coisas de frente e pra que os pobres tenham de comer. Mas não adianta. Ela levanta e vem pra minha carteira e se apoia no meu caderno e a camiseta dela é frouxa porque o botão caiu e dá pra ver o sutiã cor de mamão. Não tem peito nenhum. Ela faz perguntas demais e agora quer saber que atriz eu gosto de verdade que a Malu Mader é boa mas ela quer saber a preferida de filme e não de novela. Ela gosta da Nicole Kidman no *Batman* só que no *Batman* eu só consigo olhar o Robin que é o Chris O'Donnell que morreu com o sapato preso no trilho do trem nos *Tomates verdes fritos*. Foi pegar o chapéu da moça e foi partido em dois ou em cinco, eu queria nunca ter visto, por que que o trem não parou se o cara viu e até buzinou e eu já vi trem parando em filme, não é que não tem freio. Morte idiota faz um cheiro de pimentão velho, vai do estômago até a garganta odeio odeio odeio. Tem que tomar muito cuidado com o que a gente vê que uma vez que viu não muda e sempre que lembra: pimentão. E também com o que fala que uma vez que fala tem que repetir pra sempre tipo atriz. Luana, de ator eu sei um monte que acho bonito mas não vale tem que ser atriz porque vai ser o seu exemplo. Eu só consigo pensar em ator menino. Revista *Capricho* isso de esquecer alguém amando de novo seja o menino do lado seja o Chris O'Donnell é passar a vida toda meio inclinada a cento e trinta e cinco graus e, meu Deus, por que que eu só penso em menino. Não era tão ruim o Danilo.

Piano é bonito só ele sem balé só ouvindo.

"Introdução ao teatro" faz quem quer de tarde duas vezes por semana mas se disser que quer fazer tem que fazer o ano inteiro até o fim. Mas se isso não cai no vestibular por que tem isso reclama Breno que pelo nome devia ser um aluno melhor. Então não faz, Breno, fala Luana, a gente vai né, Lina? A gente vai. Ai que terror. Que erro imenso colossal macabro ter dito aquilo na apresentação. Agora eu vou ter que ser atriz. Pra sempre. O que que é sempre. Minha vida acabou porque já tô morrendo de vergonha antes de começar. Ou pode ser que eu tenha um talento ultrassecreto que só vou descobrir atuando, eu sempre penso nisso, e se for uma gênia do piano ou da escultura em mármore, e se todo mundo for gênio em alguma coisa só que não descobre porque não encosta, saxofonista, dentista, como vai saber sem encostar, e vai que eu vou ser atriz famosa e amada e vão me jogar flores no palco e vou buscar elas com braços alongados e cílios postiços e vou ser magra e mais alta e vou acenar bonito e fazer um discurso muito inteligente sobre a redistribuição da pobreza, a ONU vai me convidar pra ser embaixadora, embaixatriz, mentira, vai ser horrível e eu vou ter que ir até o fim. O Léo pelo menos vai também.

A professora Dora Leda Dias foi atriz famosa e fez de tudo menos bicho de pelúcia gigante e trem dos horrores porque não passou no teste ela diz rindo e olhando pra baixo no final dessa frase. Vejo ela vestida de Teco batendo retrato com o manequim modelo britadeira ou no trem que picota o Chris

O'Donnell. Luana pergunta qual é a sensação de fazer o mesmo papel um milhão de vezes e ela responde que é aí que tá o verdadeiro teatro, no refazer. Acho mística essa frase tipo caixa-preta.

Eu gosto do alongamento no começo porque é individual e não tem uma velha de cara mastigada batendo o bastão na minha perna e é sempre a mesma sequência então dá pra decorar e fazer de olho fechado e eu adoro ficar de olho fechado porque dá pra ir noutro lugar se bem que às vezes é um lugar ruim tipo a cena do trem que volta e volta e volta e acho que quanto mais coisa a gente vê mais lugar tem pra ir e isso não é exatamente bom. Augusto por exemplo, que viu menos coisa, fechou o olho dormiu. Mas quando começa o exercício de olhar bem fundo no olho de outra pessoa por cinco minutos eu já quero me escavar daqui tipo cigarra nascendo dessa sala barulhenta de ventilador. De qualquer jeito quando a aula é silenciosa tudo corre quase bem, a questão é quando tem que falar alguma coisa. Tipo hoje.

Hoje cada um tem que caminhar até o meio da sala e fazer o barulho de um animal muito selvagem, tem que chamar ele de dentro de você a Dora tá dizendo. Tô com vontade de falar olha, Dora, eu não grito. Cada um escolhe o seu e não conta pra ninguém. O urso é o mais representado seguido da onça, depois os lobos. Eu escolho representar o homem. Tô na fila ensaiando na cabeça. Finjo que ajusto o paletó e declaro meio baixo: dinheiro. Acho que vou bem. Espero palmas mas só ouço que não, Lina, tem que ser um animal selvagem, mas não tem nada mais selvagem que a ganância, é mentira e é errado comparar ganância a algo tão bonito quanto uma floresta, não vale, escolhe outro, e aí muito envergonhada por ela ter razão queimando na cara e sem ideia nenhuma eu faço o urso que todo mundo sem nenhuma ideia fez. Aí Léo vai lá e faz o quê, um tigre-de-bengala muito lindo bocejando deitado de lado no bosque. Luana ganha palmas com um orangotango.

A insuportável da Abba consegue assoviar igualzinho uma águia. São horríveis esses momentos, todo mundo espera que eu faça certo só porque falei que quero ser atriz e porque eu faço balé e falo inglês que nem lembro mais e aí eu faço pior que todo mundo e pior até que a Karen que nem quer ser atriz que quer ser paraquedista e tá aqui só porque o pai saiu de casa no meio da noite sem nem deixar bilhete e a mãe trabalha fora e não tem com quem deixar.

Eu via a novela com ela todos os dias. Ela costurava numa luz baixinha e os óculos pendendo do nariz enquanto eu lia gibi na hora do comercial. Hoje o Maurício Mattar foi pego numa emboscada e os jagunços arriaram a calça dele e aí veio um homem muito mau com um facão e cortou fora o pinto dele e jogou ali no mato com barro no meio da noite. O pinto sujo nas folhas aberto misturando sangue com minhoca com terra, mais um lugar ruim pra cabeça ir. Meu coração virou um estômago cheio de pimentão e pensei se o da mamãe também virou. Pensei depois que foi melhor assim porque eu ia ficar muito nervosa se ela visse essa cena comigo, ela ia tentar explicar, falar de pinto, ia ser horrível.

Cada grupo vai fazer um trabalho sobre um reino animal e arrasta carteira pra lá e pra cá mas gente levanta e anda com a carteira erguida a professora loira quase chora mas ninguém escuta porque tá todo mundo arrastando a carteira igual no bate-bate. Eu por azar tão grande caí com os peixes e com a Abba. Tem que escolher um peixe pra pesquisar e Abba diz por favor por favor golfinho, não, Abba, golfinho não é peixe, então por favor por favor baleia tem que ser baleia eu adoro baleia que também não é peixe, Abba, caramba que burra que você é não adianta falar com as duas mãos no coração igual a Sandy que baleia não vai virar peixe só porque você quer. Aí ela ri de tiara e eu fico louca, como é que ela não liga de ser burra. Karen paraquedista indica o Peixe-Sol do Sul que é um inflado igual o sol com um olhão de tímido com inseguro com indeciso e um corpão de dois metros de diâmetro e deve ser muito legal ser um gigante marinho se não fosse a extinção.

Sabia que era uma ideia idiota mas eu uso mesmo assim os modes que fiz e mancho duas calcinhas e os grampos deixam minhas coxas pontilhadas e era só o que me faltava. Peço pra papai uma nota de dez. Ele pergunta pra quê. Menstruação e masturbação são palavras muito parecidas e eu tenho muito medo de dizer a errada então não digo nenhuma e ainda bem que ele desiste de saber e só me dá. Só não vai usar com droga ele diz e acho ele um pouco louco também.

Eu ligo pra casa da Luana eu odeio falar no telefone. Ela que atende ainda bem. Diz que tudo bem que é normal que ela mesma já faz isso há mais de um ano usar modes e vai comigo na farmácia porque vou morrer de vergonha de comprar o modes. É um pacote rosa-choque que dá muito na cara. É o mesmo homem que me fez um furo só na orelha, o mesmo jaleco, só que com bem menos cabelo. Será que ele lembra. Ele me deve um furo ainda. Será que ele faria esse furo na minha sobrancelha. Não vou ter coragem de pedir nem de furar então não sei por que que eu pensei isso. É que seria legal, papai ia brigar mas Léo ia dizer alguma coisa, ia me chamar de prafrentex.

Na volta do modes a gente vem pra casa e a Luana tem na bolsa a fita do *Batman* e a Nicole Kidman é mesmo muito bonita com esse batom. *I am Chaise Meridiam*. A gente fica repetindo até decorar o filme inteiro. *Edward, who is Batman*. Quando ela beija o Val Kilmer a Luana beija o braço dela lambendo e eu acho meio nojento mas quero fazer depois sozinha na cena do Chris O'Donnell que nem aparece muito. Eu quero esmagar a cabeça do Chris O'Donnell igual uma batata ao murro no forno com alecrim.

As duplas todas se formaram e sobrou o Léo e eu pro exercício inicial. Hoje eu vim de batom. São cinco minutos me vendo espelhada nos óculos de aros redondos e marrons. Sempre que me vejo eu pareço assustada tipo em todas as fotos e nesses momentos eu tento abaixar um pouco as pálpebras, alinhar os ombros que não existem e aí me sinto posando e acho melhor voltar na postura inicial que era terrível mas verdadeira. Nesses cinco minutos de olhar muito no olho do outro dá tempo de arrumar e desarrumar a postura umas vinte e oito vezes pelo menos, dá pra tentar ser e desistir de ser alguma coisa diferente. O sininho apita nossos olhos escorrem no nariz um do outro e vão parar na boca por meio segundo, Dora fala: fiquem na mesma dupla e agora vamos pro cair e segurar. Eu odeio esse eu nunca consigo soltar o corpo todo com muito medo de bater a cabeça e esquecer tudo outra vez. Léo vira de costas pra mim e no sininho cai todo solto derretido nos meus braços. *In my arms*. Ou *on my arms*? Falam que a família dele é hippie maconheira. Ajoelho no chão segurando o peso que não volta pra ele e ele tomba a cabeça nas minhas coxas gordas e pisca e sorri e eu tremo e penso que pareço de novo a Virgem Maria segurando um Jesus que tá morrendo. Um Jesus tão lindo. Que pisca pra mulher do padre. Aí tem que trocar e a gente levanta tentando se ajudar e não conseguindo muito e eu coloco toda a coragem no corpo mentira que se fosse toda já tinha beijado o Léo ou qualquer outra pessoa e caio em cima dele dura feito a cruz, mas caio, braço aberto, ele me pega e demora que eu percebo com as mãos apertando minha cintura, tá tudo bem? Encolho a barriga. Na minha orelha, baixinho. Tudo bem? Urrum.

O último exercício da aula é o da fotografia, é o mais legal e o mais horrível. Um corpo é manipulado como um objeto e o outro escolhe acessórios e coisas como plantas e pedras e a ausência de gesto tem que dizer alguma coisa. Eu não tenho um conceito formado que nem sei fazer isso e demoro pra conseguir encostar a mão inteira no Léo e sento ele com o pescoço pendido no batente. Na mesa de coisas variadas acho um batom cor-de-rosa igual o meu e faço um xis na boca dele que vai rir mas segura. Amarro um lenço nos seus pulsos, coloco uma pedra em cada joelho e uma flor de plástico atrás da orelha, pelo cabinho. Fecho os olhos dele nos dedos. Dá aflição porque o olho treme. Essa é a minha foto. O que quer dizer, Lina? Eu não sei mas acho que é um palhaço proibido de rir.

Na vez dele me deita de estrela, levanta minha camiseta e eu bato na mão dele, você tá morta ele sussurra enquanto aperta muito de leve minha garganta e uma gota espalha na calcinha uma espécie de fome. Preocupo da gota passar pra calça e de ele ver e achar que eu tô fazendo xixi. Ele sobe a camiseta mais um pouco e eu aperto os olhos como se o sol tivesse aqui na distância duma régua e ele pode tirar minha roupa inteira e me desenhar inteira se ele quiser, tomara que ele queira fazer estrela satânica o que for porque de olhos fechados eu não vejo quem me vê pelada e pintada de rosa. E ele começa a escrever de batom na minha barriga que eu encolho no susto um negócio que não tô nem tentando ler na cabeça porque cada letra desenhada é uma gota nova que forma e vai desprendendo pra calcinha até o batom sair da minha pele e eu implorar pra ele voltar por favor, Deus, que tenha outra letra, o alfabeto, qualquer coisa. E o sininho toca mas o que me acorda é o flash da foto que ele tira com a polaroid nova dele e abro o olho e olho minha barriga e não consigo ler o que ele escreveu assim de cima. Peço pra ver a foto mas ele não me ouve ou não deixa e sacode o papelzinho que a máquina cuspiu e sopra e mostra pros outros que riem. Vou correndo pro banheiro e tiro a camiseta já manchada e no espelho eu leio em letra borrada e ao contrário: linática. Eu não sei se isso é bom ou se é ruim porque Lina parece Luna aí lunática é tipo louca né, é, tipo louca, aí o Léo me acha tipo maluca então, então ele me vê dentro do olho e ele vê isso. Ou ele sabe que minha mãe tá internada e agora todo mundo sabe e todo mundo me chama de maluca mas Augusto jurou que não ia contar pra ninguém e papai também, como é que ele sabe, o Léo, caixa-preta, meduso, a Luana, Luana sabe eu contei pra ela depois do *Batman*. Foi a Luana que contou. Eu sabia. Só ela sabia. Fofoqueira. As fotos dos Mamonas. Tá tudo explicado. Não dá pra confiar em nenhuma menina, é tudo má com traíra. Esfrego molhando toda a calça a barriga rosa da pressão e do batom eu não sei mais de qual. Da outra vez fiquei uns dois dias colorida mas disso aqui não quero nem um risco nenhum. Pego vinte toalhas duras de papel que acabam na caixa de ferro e são uma lixa, azar, arranco duas camadas de pele, seco o rosto com a camiseta antes de vestir, tá molhada e manchada azar azar azar, não sei mais o que fazer e volto pra sala. Ainda bem que não chorei. Ódio é melhor. Derruba muro.

    A luz tá apagada e toca uma musiquinha ridícula de flauta. Cada um massageia as costas da sua dupla e Dora sem noção me aponta o Léo deitado sozinho. Ajoelho, fecho os punhos e dou socos secos em toda a sua coluna que ele aceita e aguenta. Faz até barulho. Ele até suspira. Contei vinte. Agora é a vez dele e a mão dele é quente. E grande. E começa bem de leve na minha pele que vai arrepiando e ele percebe, e aperta um pouco mais, e mais, devagar e suave e eu até tento ficar dura mas vem de novo a fome e a gota na calcinha e eu esqueço de manter o corpo bravo e relaxo mas relaxo demais e solto um pum fininho e fico vermelha e rezo muito forte o credo inteiro pra que Deus não permita que alguém tenha escutado.

 É trabalhoso passar o resto do dia sem olhar pro Léo e também pra Luana e também pros outros que gargalham e olham com pena e eu sou metade raiva e metade muito mole pra saber. Ele me passa um bilhetinho pedindo desculpas que ele tinha sido um idiota que achou que seria tudo bem me fazer de morta já que eu tinha feito ele de morto e de palhaço. Eu rasgo o papel em mil cacos e me vejo fazendo ele engolir um a um de quatro e pelado como um cachorrinho.

Na minha mesa tem o cartão-postal dum retrato em preto e branco da Frida Kahlo com o Trótski. Trótski é russo eu quero ir pra Rússia porque lá não sei o que tem e nos Estados Unidos eu já sei e é chato mas não posso dizer em voz alta porque foi caro. Ele olha pra ela e ela olha pra máquina. As mãos dela tão pra frente mas os braços dele eu não tô vendo. Eu não sei se ele abraça as costas dela ou se só toca com a ponta do dedo ou se nem isso. Lina, eu te amo, assinado Léo mas aí eu viro e atrás tá escrito Lina, eu não sei o que fiz pra você por favor me conta eu sou sua amiga eu gosto muito de você. Você contou pro Léo que minha mãe é louca eu escrevo num canto de folha. Rasgo. Amasso. Jogo no chão se ela quiser ler que pegue do chão. Ela pega sem piscar. Não contei ela berra e a sala inteira para quieta e a professora loira manda a gente pra fora e no bebedouro ela pede desculpa por ter gritado e grita de novo que não contou pra ninguém. Como gritam fácil as pessoas. Então por que ele escreveu aquilo na minha barriga. Eu sei lá mas pode ser o jeito dele de gostar de você, pode ser a pujança vingativa com que a tiririca e o carrapicho tinham expulsado os tinhorões e as begônias a gente fala junto porque decorou o javanês inteiro. Eu finjo que não tô rindo e que bebo água e aperto o bico no dedão e molho toda a camiseta dela e ainda bem que você tá com esse sutiã cor de mamão pra cobrir seu melão e ela molha de volta a minha inteira e grito muito alto e muito fino pela segunda vez na vida um grito que eu não consigo segurar e a escola é inteira de azulejo como um banheiro do avesso e meu grito é um sinal grotesco pra quem quiser ouvir duas meninas que não tão na posturinha adequada de sala de aula mas tão brincando de chafariz e alagando a região do bebedouro como se ele fosse uma espada do Rei Arthur presa numa pedra de gelo que derreteu e Luana ri mais alto e nem preciso explicar o que eu tô pensando e nem sei se ela tá pensando a mesma ideia idiota. Bem nessa hora a Irmã Vilma passa. É lógico. Você me decepciona, Lina, é óbvio que ela fala isso é como se eu tivesse pedindo. Ela quer muito me pegar pela orelha e me tirar do chão. Ela queria muito que eu fosse a Virgem Maria. Arrebatada por falta de opção. Ela olha Luana de cima pra baixo como se pegasse do topo da cabeça dela o que as pessoas chamam de dignidade que não sei se eu entendo mas acho que é o que faz a pessoa ficar de pé com o queixo mais pra cima do pescoço então é como se a Irmã Vilma prendesse a dignidade da Luana nos olhos por um ímã invisível e arrastasse até o chão. Eu torço pra Luana segurar ela firme no alto e ela segura. Luana é Lancelote. Irmã Vilma desiste da bruxaria e vira de costas sacudindo lento o vestidão e a gente sabe que tem que seguir como numa procissão em passo de noiva, noiva de Cristo, me ama me odeia, me odeia. E vamos pingando ploc ploc ploc ploc as gotas estourando no grande banheiro atrás dela e engolindo o riso e não conseguindo e Irmã Vilma se virando pra ver nossa cara vermelha e molhada e se decepcionando mais e mais a cada giro vagaroso de pescoço. Eu não posso fazer nada. Não consigo. É impossível parar e rir chorando é muito gostoso.

Volto pra casa com uma advertência. Papai assina sem brigar e passa a mão no meu cabelo e fala tá difícil né sem a mamãe mas a gente vai conseguir passar por isso juntos eu você e Augusto e eu faço o mesmo beiço que William fazia pra mãe dele quando ela tinha pena de ele não ter por perto o pai.

Dia de Nossa Senhora é o mais chato porque além de não poder ficar em casa no feriado tem que ver a fanfarra com lista de presença na entrada da quadra. Às vezes eu acho que freira não pensa porque eu mesma já fui Nossa Senhora e enquanto Nossa Senhora não gostei de fazer o que Nossa Senhora faz que é carregar uma estátua pesada dela mesma com uma toalha de mesa quente na cabeça. Mas agora não posso nem pensar isso que já acumulo umas quinze ave-marias pra rezar depois que eu vou repassar direto pro Augusto que a gente tem um combinado de multa de carro aí ninguém perde a carteira porque como ele não peca ele cobre a maior parte dos meus problemas que no momento se resumem a: onde sentar é crucial.

A gente saiu cedo mas o carro enguiçou e papai teve que abrir o capô e trocar o óleo e é muito chato quando o mundo parece que atrapalha você pra não conseguir um lugar perto do Léo. E lógico que na frente e atrás e dos lados estão quatro meninas bonitas de tiara e batom e faixa e o escambau que não se atrasaram, que não suaram e não tão fedendo da corrida da entrada da escola até a quadra que são tipo dez quilômetros. Uma delas é claro que é a Abba tenista. Piranha mocreia ariranha. Duas ave-marias. Três vai. Não posso ficar na frente porque não quero ser vista pelo time da fanfarra e lembrada como a toalha que fugiu. Moletom com gorro é pra isso. Tô na última fileira aqui em cima do lado do Vini que esmigalha uma plantinha na mão. Plantinha sente também. É uma pergunta.

Quando eu olho ele coloca a mão na boca e faz o mesmo shhhh do meu pai de quando Augusto nasceu. É bem-me-quer mal-mequer isso? Eu devia fazer. Vou destruir várias flores pra saber de todos os meninos da escola um por um. Eu posso pegar uma coroa daquelas gigantes de cemitério. Ninguém vai saber. Só o espírito do morto se ainda tiver por ali mas aí eu escolho a coroa dum morto antigo, de foto em preto em branco tipo Trótski. Com algum menino vai dar bem-me-quer. Vou deixar Léo por último pra eu já ter alguém de bem-me-quer garantido se na vez dele cair mal. Com Breno eu nem vou fazer. Moleque chato. Sem graça. A pior pessoa do mundo é a que se acha engraçada e continua falando besteira, a pior pior pior de todas, tinha que rezar quinhentos pai-nossos por isso, no milho.

    Entra a Ana Luísa Fontanele. Parece que teve uma alergia e teve que tomar muito muito soro e ficou inchada assim só que no mesmo maiô. Alergia do quê eu não sei e ninguém me conta eu odeio quando só sei a metade da história. Acho que ou conta tudo ou não conta nada senão fica faltando peça e eu me sinto pendurada pelo pé em mil possibilidades tipo será que foi a maquiagem azul que deu alergia porque agora ela tá sem a maquiagem azul. Pedro Gimenez nem tá levantando ela. Só dá umas giradas em volta. Tudo parece meio velho. As roupas são as mesmas de mil anos atrás, dá pra ver os furinhos. Gaspar entra. A mesma música de todo sempre parece que tá saindo duma vitrola cheia de poeira, a camiseta dele tá mais justa, o mesmo cheiro de bolacha esmigalhada no chão da quadra com presunto escapado de lanche, iogurte pisado, o queixo mais quadrado, a mesma cara bonita, corneteiro, bem ou mal, Gaspar? Se olhar pra cá bem. Se não olhar mal. Olha vai. Agora. Olha. Olha vai. Agora. Agora. Só uma olhadinha. Agora. Vai. Agora. Só uma. Agora. Agora. Agora. Agora.

Marilyn Manson tirou uma costela pra chupar o próprio pinto e ele é o Paul dos *Anos incríveis*. Aquele de óculos? Aquele de óculos.

Laboratório tem cheiro que só laboratório tem que é da mistura de coisa que conserva qualquer coisa pra sempre com coisa que destrói qualquer coisa em um dois três quatro segundos. Cada dupla tira um peixe da bacia com gelo molenga no pegador de salada é engraçado o silêncio que fica, difícil pegar morto imagina vivo escorregando liso liso pro fundo, muito louco um olho não fechar nunca nem morto, não vou beijar Breno nem morta eu falei pra Maíra quando ela falou que ele falou pra ela que ele quer ficar comigo que era pra ela me falar e depois falar pra ele o que eu falei. Nem morta, mas eu morta não ia saber, meu espírito ia ver de fora mas não ia poder empurrar o Breno, mas aí de noite eu ia puxar o pé do Breno, ia entrar pela Xuxa da irmã do Breno, ia furar a garganta do Breno na unha, ia sangrar devagarinho um riozinho que Breno nem ia perceber, pode falar pro Breno? Pode falar pro Breno. Moleque feio cheio de olheira, olheira e aparelho dá uma cara de caveira, olho fundo, parece que não dorme.

É pra abrir no bisturi a barriga dele ou dela eu nunca vou saber e aí tem que observar e desenhar os órgãos internos. Eu gostaria de saber por favor se existem órgãos externos. Abba responde que é a pele que ódio que eu tenho dessa burra que logo hoje estudou. Luana fala pra eu fazer que ela tá com medo de desmaiar. Tá se abanando na mão e suando e parece fingir mas ela prometeu que não ia nunca nunca mentir que a gente furou um sanguinho na agulha e depois limpou na camiseta e a mancha parece uma mancha comum de Brasília que pingou do nariz. Eu pego o bisturi igual em filme de hospital com o dedo esticadão agulha em cima mas o negócio não desliza deve ser um bisturi de camelô igual minha piranha que brilha no escuro mas no escuro eu perco ela, aí tenho que enfiar algumas vezes tipo um gravetinho na terra pra cavar, um dois três quatro cinco, um dois três quatro cinco, aí na mão eu abro igual carteira com o dinheiro amassado no fundo, umas tripinhas e mais nada, tudo meio parecido, eu achei que eu ia ver coisa colorida um coração vermelho. Aí Luana sai da cara de desmaio e pega da minha mão que tem que ter alguma coisa dentro mais legal que tudo isso se era pra observar os órgãos internos como é que observa essa meleca toda. Ela é agitada parece meio louca igual a Janaína. Aí cada uma pega duma ponta do cabo de guerra e a gente torce até sair tudo dele ou dela as carnes e espatifa ele ou ela até que a boca desmonta dos olhos. E o miudico do cérebro aparece, um grão-de-bico. Quem tem bem menos nervo sente bem menos dor eu pergunto pro Rubens que tira a mão do jaleco santo sudário tão sujo de marrom e coça a barba de triângulo, um bode, ele cruza os braços nas costas, toureiro, e diz que a ideia de dor pode mudar muito de ser vivo pra ser vivo que mesmo que no nosso conceito de dor a dor dele seja pequenininha pra ele pode ser uma dor gigante como é que a gente vai saber, mas tudo que é vivo sente, Rubens é budista, o que é budista, Rubens, é quem não pensa muita bobagem, aí não sou. Rubens olha nossa mão melecada como se tivesse entrado num pavê. Aí tem que desenhar, mas desenhar o quê, a folha toda suja uns rabiscos de tripa de grão--de-bico, de boca separada do olho, olho olho olho olho olho é a única coisa dele que fica inteira, é tudo o que ele tem quando ele morre, o que ele não faria nem morto, o que ele pensa dentro do grão-de-bico assim que morde o anzol e percebe que não é comida, que fura a boca, que sufoca só por tá num mundo cheio de ar, o espírito dele tá na água ainda será? Ou tá aqui do lado olhando tudo, olhando a gente fazer cabo de guerra dele, olhando a gente olhar o olho dele. Deus tá ali naquela cadeira, acabou de cruzar a perna.

Os corpos de PC Farias e Suzana Marcolino estão agora baleados num quarto azul em Maceió. Foi crime passional eles repetem e repetem e repetem, crime passional eles repetem. É o quê? Augusto berra. É quando alguém se apaixona demais. Augusto levanta dando um tranco de gangorra e o sofá dá um pulinho como quando eu acordo dum sonho onde tô caindo e dizem que isso é a alma voltando pro corpo. Tá abrindo o congelador e o pote de plástico e a gaveta e o armário e vai pegar duas bolas de flocos com uma colher de nescau por cima e se for dos dias piores vai ter uma babada de leite condensado. Eu olho bem pros corpos que daqui não parecem tão românticos assim pra ter sido passional. O edredom de cetim cinza dobrado em cima da cama que devia tá nos pés parece arranhar a pele, é feio, a colcha em cima dele com esses desenhos de escama, o calor que deve tá, ele coberto, ela não, ela de perna aberta mostrando a calcinha, ele com a cara pra cima como se não tivesse acordado nunca, ela olhando pro outro lado, o oposto, Romeu e Julieta deram a mão, pelos menos, eu daria pelo menos o mindinho se fosse pra matar o meu amor.

Roubei da aula de artes um papel crepom vermelho. Coloquei numa panela com água morna e pedi pro Augusto me ajudar a escorrer depois de ele rezar as ave-marias que eu precisava pra não ir pro inferno quando eu morrer. Ele me fez colocar uma fita crepe no contorno do rosto pra não manchar a pele igual quando pinta o apartamento e achei ele muito inteligente e no espelho eu era um filme de terror, a gente riu, ele é bonitinho quando ri banguela assim. Tirei as fitas e até que fiquei bem. Aproveitei e passei a tesoura em diagonal desde cima. Ficou bem curto e picado e meu pescoço mais comprido. Augusto pediu pra pintar o dele mas falei que hoje não, que hoje é aniversário do Léo e eu decidi que minha pujança vingativa é de ruiva, é de Nicole Kidman, é de seduzir o Léo pela dança como tentou fazer comigo o Danilo e aquelas mães com ele e depois abandonar de coração partido tipo a Dara dançando pro cigano Igor e depois indo ficar com o Edson Celulari que no meu caso aqui podia ser, sei lá, o Vini, que pelo menos é engraçado de verdade. Tomei um banho demorado demais que saiu até fumacinha do fio atrás do chuveiro e vesti uma saia e uma blusa de alcinha da mamãe. Meu pescoço tá comprido com pintas que se fossem ligadas dariam num desenho de teia de aranha.

    Quis chegar atrasada pra causar algum impacto com o cabelo novo mas atrasei demais e cheguei na música lenta e o Léo tá apoiando o queixo no ombro da Abba tenista ariranha *dancing queen* que usa uma tiara preta nova com brilhinhos que deixa ela com cara de fada mais ainda. Espero acabar essa música chata *more than words* eu não entendo porque todo mundo gosta dela e sabe ela de cor e canta e pra variar ninguém nunca me avisou que era pra decorar essa letra. Com o vento quente batendo no esôfago e no pulmão todinho eu vou até o som e com muito medo de riscar algum CD e de levar vaia e todo mundo virar pra olhar quem trocou a música eu coloco a trilha sonora da *Quatro por Quatro* mas não a música do Raí e da Babalu eu coloco a de dance que fala uouououo-ooo e vou chamar o primeiro menino pra dançar, o primeiro, o que vier, a merda é que é o Breno, mas tudo bem, é um plano, um propósito maior, é fácil dançar dance, é só pisar com força levantando bem o joelho, tá todo mundo vindo dançar dance e deu certo e tão olhando eu dançar dance com o Breno porque tô deixando ele apertar minha cintura e agora ele encostou a testa em mim e eu fecho o olho pra fingir que é o Léo e aperto tanto a cabeça na cabeça do Breno que a testa dele tá manchada de crepom.

 Breno pergunta se eu não quero batizar o suco com a pinga que o tio dele curte no barril com não sei quantas cabeças de gado e dou meu copo, azar. Depois Augusto reza pra mim. Aí falo que vou no banheiro e vou pro quintal e nem acredito que Léo me segue e me fala que eu danço bem, que ficou impressionado e que meu cabelo tá muito legal que tô parecendo aquela Spice Girl. Eu falo obrigada e não tinha pensado nessa parte do plano o que falar pra ele eu tinha que ter ensaiado igual na aula de teatro porque agora Inês é morta morta esquartejada coitada, e aponto pra lua que tá minguante dum jeito bem comum bem zero impressionante e isso traz um ar triste pra conversa. Como foi morar tão longe ele pergunta e eu fico animada que é a deixa pra eu me fazer de profunda e invento em tempo real a resposta eu falo que é muito difícil ter duas línguas na cabeça que já quis dizer por exemplo a palavra tomate mas não conseguia que só me vinha na cabeça a figura e não a palavra e Léo tá me olhando pelos óculos mais bonitos do mundo mas não sei se ele tá me entendendo e não sei explicar mais do que isso. E a gota. Ele pergunta: você tá a fim do Breno? Não Deus me livre e faço sinal da cruz e me arrependo ao vivo por fazer sinal da cruz numa conversa como essa. Léo pergunta então por que tava dançando com a cara colada na dele. Preciso pensar bem no que eu vou responder. Pensar pensar pensar. Eu só abro a boca mas não vem nada e vejo vindo acelerada a Abba de tiara e suas assistentes de fada que colocam as oito mãos no Léo e arrebatam ele de mim, essa é a palavra, ar-re-ba-ta-men-to, dígrafo de consoante, subindo ao céu no fim dos tempos, fadas do Peter Pan que conseguem juntas carregar pra longe uma pessoa inteira. Eu queria poder gritar só hoje só hoje mas hoje é sempre o mesmo dia de arbusto enfiado no gelo. E o Léo diminuindo de tamanho igual a lua. Só me sobra uma coisa que é fechar o olho e pensar que com a mão enorme Léo tirou os fios vermelhos arrepiados do meio da minha cara e veio me beijar e eu deixei que a língua dele passeasse pela minha e que a minha sentisse o tortinho dos seus dentes e que não pensei em peixes ou em pimentões e que beijamos de língua por quarenta e cinco minutos sem dizer nada e que depois dos parabéns o com quem será foi comigo e eu tive bem menos vergonha do que com Danilo e até dancei dança de cigana pro Léo e cantei "Djobi, Djoba". Mas o que aconteceu foi que a pinga no suco tava me deixando mole e pedi mais pinga pro Breno que ficou muito feliz que eu pedi e já saí de perto e pra não ver o Léo dançando com a Abba de mão na cintura eu dancei de olho fechado abraçada no meu copo sentindo a luz piscar dentro do meu olho e a luz de fato não é matéria porque como é que ela entra num olho fechado e no canto escuro do salão eu deitei ali mesmo pelo chão numa almofada porque deu um sonão e sonhei com um topo de montanha e um ninho de águia dando rasante no meu cabelo e elas ficavam manchadas de papel crepom e ficavam bravas e passavam ainda mais perto e era a voz da Abba fazendo o assobio de águia e eu senti que encolhia mesmo o corpo tipo aquele bicho de esponja que cresce na água só que ao contrário. E depois sonhei que a fada era eu e que levava pro ar quem eu quisesse mas eu não conseguia levantar o Léo porque ele tava preso num anzol que dava numa sereia pescadora. Aí alguém levantava minha saia e puxava minha calcinha e era mamãe trocando a fralda de pano no frio. Aí era uma coisa mole e gelada subindo as coxas e era Harry nascendo e mamando outra vez. Aí era William muito curioso repetindo procedimentos hospitalares com a caneta do homem mascarado que me acordou quando eu tinha virado lagarto e depois era Zezinho bem vivo e molhado e nada morto e me olhando de olho arregalado e minhas pálpebras tavam pesando um elefante e aí eu consegui abrir um pedacinho e entrou de fora a luz que não é matéria e vi um topo de cabeça no meu umbigo e vi Léo me desenhando alguma coisa na barriga linática linda mas Léo não tem esse cabelo liso, o cabelo do Léo é cacheado como dum anjinho, de praça, de Bíblia, e aí a cabeça me olhou.

O seno dum ângulo é o nome dado à razão entre o cateto oposto e a hipotenusa. Razão é o resultado de uma divisão em que a ordem imposta deve ser respeitada.

Chego atrasada e Léo tá com a cara enfiada no xerox. Luana que nem foi na festa porque tá com amigdalite tá me olhando com cara de papagaio mudo pelo susto. É pra fazer o quê, eu sussurro pra ela, leitura silenciosa da calçada, do quê, da caçada. Odeio chegar suada. Essa camiseta não areja e o sovaco fica úmido e esfarelado azedo. E nem dá pra prender mais o cabelo todo. "A caçada", Lygia Fagundes Telles. Eu ainda esqueço que tô ruiva. Eu ainda esqueço muita coisa. *A loja de antiguidades tinha o cheiro de uma arca de sacristia.* O cheiro do Prédio Secreto de gente que já morreu e segue aí andando. Escuto um risinho do fundo. E outro do lado direito. *Acho que é a poeira que está sustentando o tecido.* Léo nem me deu bom-dia e tá lendo mesmo isso, eu mando um bilhetinho? Só pra responder certo a última pergunta que ele fez por que você tava dançando com a cara colada na do Breno. Porque eu tava fingindo que era você, Léo. *Na hora que se despregar, é capaz de cair em pedaços.* Se você olhasse dentro da minha cabeça você ia saber você ia ver que era com você que eu tava dançando e que eu até deixava seus óculos arranharem minha testa e não reclamava porque eu não ia querer desgrudar a cara da sua nem um centímetro, um milímetro, um segundímetro. *O homem acendeu um cigarro. Sua mão tremia. Em que tempo, meu Deus! Em que tempo teria assistido a essa mesma cena. E onde?...* Na minha cabeça a gente junta as carteiras e se alguém perguntar a gente responde se quiser passar dê a volta pelo lado pelo meio não, ninguém passa aqui pelo meio. E aí, Léo, eu deixo não só você colocar a língua dentro da minha boca como também deixo você colocar essa mão enorme no meu peito. Esse cara delirando no tapete. *A barba violenta como um bolo de serpentes.* E depois de uma semana na bunda. Comigo sentada no balcão do camarim porque eu vou ser atriz e aquelas luzes do espelho fazendo uma moldura nas minhas costas e você abrindo meus joelhos como se fosse a Barsa e vindo me beijar com as mãos nas minhas coxas e você aperta de leve, e gosta. *Parece que hoje tudo está mais próximo — disse o homem em voz baixa. — É como se... Mas não está diferente?* Eu já pensei essa cena igualzinha com o Chris O'Donnell e também com Caio do futebol de areia mas agora é só com você que eu faço isso na cabeça, Léo, eu prometo é só mesmo com você. E ao contrário de todas as meninas da sala tirando a Luana eu nunca pensei nada com nenhum Backstreet Boy. *Ontem não se podia ver se ele tinha ou não disparado a seta...* E depois de um ano eu tiro a blusa, depois de um ano e meio, o sutiã, depois de dois anos, a calça, dois anos e meio, a calcinha. *O caçador de barba encaracolada parecia sorrir perversamente embuçado.* Embuçado eu vou precisar olhar. Luana, ow!, Luana, psiu, Luana, Luana, me empresta o dicionário. Ela me dá ele aberto com a unha preta em cima do embuçado. *Com o rosto tapado, deixando de fora apenas os olhos.* É porque a barba de ninho de cobra cobria a cara inteira. Perversamente é o quê. Maldosão. *E se tivesse sido o pintor que fez o quadro?* Então, Léo, aí a gente casa com uma música bem bonita. Da Babalu e do Raí. Eu vou andar até o altar cruzando uma perna na frente da outra te olhando bem fixo nos seus óculos. Você vai apertar o aro no rosto e vai me olhar muito fundo e vai chorar. *E se fosse um simples espectador casual, desses que olham e passam?* Espectador é quem assiste tevê. *Apalpou o queixo. "Sou o caçador?" Mas em vez da barba encontrou a viscosidade do sangue.* Eu já sei até meus votos, e o tom do meu vestido, branco branco eu não vou querer porque nem sei se vou querer casar virgem mas acho que sim, né, melhor. Garantir. Só não quero que você me ache parecida com a Virgem Maria porque isso é coisa de santa que carrega na fanfarra. E a gente vai fazer s-e-x-o e vai ser tipo boiar no Mar Morto. *Acordou com o próprio grito que se estendeu dentro da madrugada. Enxugou o rosto molhado de suor. Ah, aquele calor e aquele frio! Enrolou-se nos lençóis.* E se fosse o artesão que trabalhou na tapeçaria? Podia revê-la, tão nítida, tão próxima que, se estendesse a mão, despertaria a folhagem. *Fechou os punhos.* Haveria de destruí-la, não era verdade que além daquele trapo detestável havia alguma coisa mais, tudo não passava de um retângulo de pano sustentado pela poeira. Bastava soprá-la, soprá-la! Por que tem tanto risinho pela sala se esse conto é trágico, o cara tá louco olhando prum tapete achando que tá dentro dele. *E por que a loja foi ficando embaçada, lá longe?* A cara da Luana tá estranha. *Não importava, não importava, sabia apenas que tinha que prosseguir correndo sem parar por entre as árvores, caçando ou sendo caçado.* Ou sendo caçado?... Lá da frente o Breno gira o pescoço. *Abriu a boca. E lembrou-se. Gritou e mergulhou numa touceira. Ouviu o assobio da seta varando a folhagem, a dor!* "Não..." — *gemeu, de joelhos. Tentou ainda agarrar-se à tapeçaria. E rolou encolhido, as mãos apertando o coração.* Eu queria ser transparente, ou um tapete, mas é pra mim que ele tá olhando sem medo nenhum.

Peguei um dramin da gaveta do papai. Ele veio me acordar pra jantar mas eu não quis.

Só acordei hoje porque era dia de visitar a mamãe. Luana falou tanto pra eu achar uma atriz pra gostar muito que eu perguntei pra mamãe o filme preferido dela e ela falou: seu cabelo tá vermelho. Tá linda. Aí ela fechou o olho esquerdo e depois o direito e depois abriu o esquerdo e depois o direito e disse *Os girassóis da Rússia* e eu fiquei tão feliz de ela lembrar de um filme e de ser da Rússia, e os girassóis.

Aí fui alugar pra assistir com a Luana e foi tremido e cheio de falha e a legenda piscando amarela ardida e eu e ela choramos de quase perder o nariz. É muito triste. Dá muito nervoso a Sophia Loren aquela cintura fininha cabelão bocão olhão aquele joelho dobrado na quina da cama mostrando uma coxa dourada até a calcinha de frufru e o Marcelo Mastroianni na cama latindo mostrando a língua muito bobo como um cachorrinho. E no dia seguinte ele fazendo uma omelete com vinte e quatro ovos que eles comem inteirinha de tristeza porque ele vai pra segunda guerra mundial e vai sumir no gelo da Rússia igual um arbustinho e vai ser achado por uma mulher bem loira e bem russa que vai dar sopa de batata na boca dele e a Sophia Loren vai ficar velha esperando ele voltar.

Com dezoito anos eu vou mudar de nome pra Anelinka e vou pra Rússia. E o que Anelinka faz? Luana cruza as pernas no sofá e fica muito tempo espremendo um pelo na canela. Augusto mistura a sopa de flocos no nescau. Anelinka anda de patins pelo campo congelado. Aí um dia ela cava e acha um homem. Arrasta ele duro pela neve, leva pra casa, acende a lareira, e quando ela vai dar sopa de batata descobre que a língua dele congelou, quebrou e caiu.

Luana não veio porque foi tirar as amígdalas e eu devia ter ido no hospital com ela segurar a mão dormida enquanto puxavam pela pinça o troço que parece um cérebro. E depois alugado o filme novo da Nicole Kidman onde ela tá com uma cara de mulher antiga de brinco de pedra e cabelo escuro de coque. Mas aí Luana falou que chega de ver filme, você tem que olhar a natureza. E eu achei que a gente ia vir aqui só pra olhar a natureza mas todo mundo gosta mesmo é de atravessar o rio no contrário e ir raspando as coxas nos galhos e topando o joelho nas pedras podendo vir uma cobra-d'água de repente bem perto que a gente não vê porque ela é verde e se mistura na água aí de repente ela mostra a cabeça abre a boca e vai sair todo mundo tentando correr e não conseguindo por causa da correnteza. É uma péssima ideia isso atravessar um rio em movimento mas todo mundo adora e pular pedra na corredeira e passar entre cerca de arame e ganhar um riscão vermelho nas costas e rasgar a camiseta, todo mundo ama. E o teto vazado que dá pra ouvir tudo de quem tá no banheiro, e o cavalo único onde todo mundo andou menos eu porque não quero pegar carrapato e todo mundo amou pegar carrapato queimando logo depois a bundinha deles com o cigarro aceso da mãe da Maíra meio envergonhada de ser fumante e ao mesmo tempo contente em participar, porque de resto ela fica só de canto olhando a gente e não sei se ela tem medo da gente mostrar o seio ou destruir a horta, não sei mesmo. Aí choveu pra caramba e esfriou e o cavalo ficou tremendo de frio e eu quis mostrar que não tenho medo de pegar carrapato porque na verdade eu não tenho. Na verdade eu não ando de cavalo por medo de altura e peguei o lençol da minha mala meio bege com flores que parece uma toalha e cobri o cavalo igual quando eu fui a Virgem Maria mas nunca ficando atrás dele pra não levar coice, papai falou isso antes de eu sair e não fiquei atrás dele nem um segundo foi de lado mesmo como se eu colocasse a toalha na mesa só que numa mesa muito alta e ninguém me ajudando todo mundo olhando e eu agora suando de nervoso e estico bem o pano e vou dar a volta pela frente e arrumo do outro lado e alongo ele todo até cobrir o rabo e escuto Breno dizer como você é boa eu ignoro que o Breno existe e a gente tá olhando o cavalo que não parou de tremer com meu lençol mas ele vai parar alguma hora e agora ele levanta o rabo e o lençol vai junto como se fosse um fantasma levantando o braço e solta pedras verdes do tamanho de maçãs até fazer no chão uma montanha de cocô. São três segundos de silêncio até que Vini explode e todo mundo gargalha muito alto, acho forçado, e finjo que rio como finjo que sorrio no balé.

Agora tá todo mundo armando a barraca no meio do pasto e de repente todo mundo sabe armar barraca. Abba que é metida a corajosa pegou os canos. Léo foi ajudar porque é metido a educado. Maíra foi descansar porque o sítio é dela. Dos avós dela. Que morreram. Juntos, dormindo, de mão dada, mas não foi crime passional foi natural de velho. E agora é da mãe fumante que detesta mato e vai vender pra comprar um apartamento no Lago Sul. É uma despedida ela chamou a sala inteira e dá pra ver na cara da mãe dela que ela já se arrependeu. Eu não combinei com ninguém em qual barraca vou ficar. Pergunto pro Léo com muita vergonha mas pergunto porque eu acho que tenho que perguntar e ele diz ué, você não combinou com o Breno? Eu não credo, e você. Eu combinei aqui com a

Abba, a barraca é dela. Não cabe mais eu? Não dá, é uma iglu e tem as mochilas. Tenta ali com o Vini, acho que ele tá sozinho na dele. Vini me detesta. Me olha com desprezo. Nem me olha, na verdade. Vini tem espaço? Pra você? Não. Pro etê. Ele não ri. Vou montar e colocar as coisas ver se cabe já te falo. Não sei se tenho que oferecer ajuda mas não vou saber ajudar no que eu nunca fiz na vida então não vou oferecer. Vou fingir que procuro lixo do chão. Achei uma tampinha de pepsi.

    Os pais da Maíra vieram acender a fogueira. Deram boa noite a cada pessoa como se fosse pra gente nunca esquecer da cara deles porque eles tão sendo muito bons com a gente dando comida e vigiando e vieram com a lanterna apontada por baixo fazendo aquela sombra de quem conta história de terror e foram dormir. É agora Vini grita enquanto vira pra trás o boné e Maíra fala cala a boca fala baixo e Vini tira um cigarro enorme do bolso e manda a gente fazer uma roda em volta da fogueira sentando em pedrinhas ou cangas muito coloridas que todas as meninas têm menos eu porque mais uma vez ninguém me avisou que era pra trazer canga além da unha francesinha que todas elas tão usando na mão e no pé e tem canga de bandeira do Brasil tem de fitinha do Bonfim tem dos Backstreet Boys e acho bem estranho sentar na cara do Kevin mas elas sentam e rebolando ainda. Eu como não trouxe porque mais uma vez ninguém me avisou sento numa pedra mas antes vou olhar pra ver se tem saúva. Não tem. Vini acende o cigarrão de primeira e eu nem sei apertar um isqueiro eu não tinha ideia que as pessoas já faziam isso. Ele vem dando na boca de um por um mandando tragar e abençoando a cabeça e dizendo Irmã Vilma que mandou eu benzer cada um de vocês e muita gente tossindo e rindo e chega a minha vez ele tá na minha frente abre a boca ele diz e eu pergunto se ele viu se tem espaço na barraca dele e ele diz que tem sim enquanto enfia o cigarro na minha boca pera aí como é que traga. É inspirar bem fundo misturado com engolir.

Inspiro, vem muito, sai um pouco pelo nariz, arde, tusso, Vini bate nas minhas costas e eu tusso mais ainda enquanto tento dizer que tá tudo bem e todo mundo olhando e meu olho tá lacrimejando e não vou respirar nunca mais o pulmão queima e a garganta queima e puxo um ar sofrido pela boca como se fosse um peixe pequeno numa rede morrendo do lado dum atum. Aí passa. Vini tá me olhando. Traz pra perto o cigarrão de novo e agora eu acho que já sei e inspiro e engulo e tusso e o Vini fala eu vou ficar aqui até você aprender e é melhor eu aprender logo senão ele vai ficar aqui pra sempre e tá todo mundo olhando pra mim e falando passa logo essa bola e ele aqui parado me olhando com o olho espirrando igual o fogo e vem de novo e inspiro e engulo e solto a fumaça retinha e ufa agora foi é legal aprender uma coisa. Enquanto eu penso isso eu penso que gostaria de compartilhar esse pensamento com Vini mas o Vini já tá na terceira pessoa depois de mim e eu preciso sentar mas aí já tô sentada. Segurar, então, no braço da cadeira. Não é uma cadeira. O que é isso? Eu não trouxe canga. Eu nem tenho canga. Eu nem sabia o que era uma canga. É gelado. É irregular. Uma pedra? Uma pedra. Eu sentei numa pedra nessa daqui. Você viu se tinha saúva? Não lembro. Bosta, olha agora, vi, vi sim, não tem. Jura? Juro. Eu posso cair dessa pedra? Seria bem difícil mas também é possível. Então segura nela. Tô segurando. O fogo tá alto e dá pra ver as pessoas atrás dele. Não sei mais se elas tão atrás do fogo ou na frente sendo projetadas. Se é sombra se é corpo. Tipo quando um vulto sai da boca dum cara num filme. Tipo morcego. Léo tá ali de vulto conversando com a Abba. Ela deve tá cantando "Dancing Queen" pela quadragésima nona vez. Agora ela tá apontando pro fogo e deve tá dizendo, Léo, olha essa labareda, imagina se ela fosse tipo um fantoche, agora olha aquela, outro fantoche, um teatrinho. Vai eu faço a voz dessa e você faz a voz daquela:

— Oi, labareda, você vem sempre aqui?

— Sempre, na verdade, eu só venho aqui.

— Ah, tá. O que você tá achando?

— Igual.

— Não é igual.

— É sim.

— Não é, cada vez que eu venho danço diferente, eu posso dançar assim, aí Abba sacode o ombro, ou assim, aí ela se torce pra baixo igual pano de chão, ou assim aí ela estica o braço pro ar e Léo faz cosquinha no sovaco dela. Deve ser esse o papo, só pode ser esse o assunto. Ou tão falando que eu sou muito chata e tão rindo que Léo inventou que não caibo na barraca porque eu sou gorda. Ódio é uma fogueira dentro da gente que faz a gente fazer poema ruim como esse do ódio é uma fogueira dentro da gente e ainda bem que ninguém tá me escutando. Ou eu tô falando em voz alta? Eu tô falando em voz alta ou tô só pensando? Melhor eu tampar a boca. Tapar que mão não é tampa. Mas pode ser também. Será que eu consigo dar uma volta? Porque tá todo mundo conversando todo mundo rindo falando alto só eu tô esquisita aqui colada na pedra. Oi, pedra. Posso entrar? Não tenho porta. Então eu vou, eu tenho que conseguir. Eu não vou cair. Vamos lá um dois e. Um dois e. Um dois e vai você consegue. Nossa como eu sou alta. Tô da altura do fogo. Vou pra direita ou pra esquerda? Vamos pensar. Pra direita tem o balanço ali naquela árvore gigante. Pra esquerda ficam as vacas e os bois atrás da cerca. E tem um touro. Prefiro árvore. Tá, vai, gira pra direita. Direita é a mão que escreve. Um passo outro passo um passo outro passo um passo outro passo um dois feijão com arroz. Mas agora olha pra cima. Tá, melhor parar de andar. Melhor parar. Vai, último passo. Pé com pé, juntos, olha pra eles, que bota mais feia essa sua parece que seu pé é muito maior do que é sendo que ele já é grande. Um L de Lina. Agora vai, olha pra cima.

Eu tô tonta.
Inspira, fecha o olho. Agora olha.
Por que é sempre uma surpresa?
O quê?
A lua cheia.
É que ela nunca tá igual.
Não me diga.
Por que então dá vontade de olhar sempre?
Não sei.
Então deita.
Onde.
Na sua sombra.
E se tiver formigueiro.
Não tem. Deita só um minuto.
Não vou deitar. Pode ter escorpião.
Só deita, vai.
Tá bom.
Onde tem mancha escura é onde já teve vulcão.
Ia ser muito doido se na lua ainda tivesse vulcão e desse pra ver daqui.
Ia.
Caindo lava na gente.
Ia sim. Uma loucura.
Já deu um minuto né.
Fica mais outro.
Não, já deu o tempo das minhocas e das formigas se organizarem pra virem em bando subir em cima de mim. Vir ou virem?
Vamo pro balanço.
Balanço dá frio na barriga.
E daí.

Nada, só lembrei.

A natureza esconde a vida dela da gente e tem muita razão em fazer isso.

Que frase bonita como você é sensível e inteligente e observadora e bonita e meiga agora canta.

Será que todo mundo já foi dormir? Será que tem lobo ou raposa aqui? Melhor voltar. Melhor voltar correndo.

Mas lobo não é só no hemisfério norte?

Tem lobo-guará, a gente tá no cerrado.

Verdade.

Voltar correndo então e não sei se é a direção certa imagina se eu corro pro lado errado e vou parar no Suriname. Depois do morrinho tem as pessoas na mesmíssima posição em volta do mesmíssimo fogo. Deve ter passado um minuto só. Vou dormir, é melhor, foi um dia cheio já dá pra ter sono e não sei mais o que fazer. Não dá pra deitar e dormir em qualquer canto. Mas qual é a barraca do Vini, é a amarela ou a azul-royal? Acho que é a amarela mas e se não for. Vou ter que perguntar. Vou cutucar o ombro dele. Oi, Vini, qual é sua barraca? Vai dormir já? Tô com sono. Fica, a gente vai brincar de RG, ah não já tem muita menina, Maíra diz, claro, má com traíra, eu é que não vou ficar do lado de menina, já tá perfeita a roda, Vini, vamos começar. Eu quero bater na Maíra. Babei um pouquinho pensando nisso. Não sei se falei alto. Limpo a boca. Duas ave-marias. Se bem que é melhor não colocar boca no RG dos outros porque é tipo dinheiro sujo cheio de micróbio deve ter cólera aí esse RG. Vini me olha. Qual é a sua barraca? A amarela. Aí eu lembro que tudo meu ficou na casa que tá longe demais pra ir agora, não tenho nada, nem pijama, nem cobertor, meu lençol tá cagado no cavalo, Luana tá com a garganta oca e a amígdala dela num vidro com formol eu não sei o que fazer e não tem ninguém pra perguntar. Léo, será que não me ajuda? Cadê ele. Oi você viu o Léo?

Oi você viu o Léo? Oi você viu o Léo? Oi você viu o Léo? Oi você viu o Léo? Oi você viu o Léo?

    A barraca deles é a vermelha. Vou fingir que vou amarrar o sapato. Normal amarrar o sapato. No caso a bota que dá mais trabalho. Vou retrançar meu cadarço que tá largo se alguém perguntar. Tô ouvindo roupa amassando. Ela nem é tão bonita, o que deixa ela bonita é a tiara cara que o pai dela deu. Se fosse a da virilha, qual o nome dela? Ana Luísa Fontanele. Se fosse Ana Luísa Fontanele de maiô eu entendia mas nem é, é a insossa da Abba, insípida, sem tiara não é nada. Se Vini tentar me beijar hoje eu vou deixar. Apesar de que não escovei o dente. Não vou deixar minha bota fora vai que entra minhoca. Mas dentro não tem espaço. Vou deixar fora e seja o que Deus quiser. Deus, protege minha bota pelo amor. Vou ter que dormir de roupa. Pijama tá na mochila que tá dentro da casa da mãe da Maíra. Não escovei o dente nem fiz xixi. Não vou sozinha na casa vai que a mãe fumante tá lá fumando e me pergunta coisa. Eu tô com muita sede minha boca tá o cerrado. Garganta de pequi. Minha língua tá amarrando pra dentro tipo uma toalha. Tem água aqui? Tem. Vou dar um gole. Só um gole. Eu vou dormir logo pra não querer fazer xixi. Será que o Léo não me chamou pra dormir na barraca dele com medo de eu fazer xixi nele? Não, esse foi o Gaspar. Que nem veio porque tá em outra sala. Com bigodinho ralo. Contar desenhinhos de carneiros. Eu perco a conta e não sei se contei dez ou se mil. Será que eles tão sem roupa. Que Léo tá esfregando o pinto nela. Que ela tá esmagando o peito nele. Eu posso esperar o Vini já sem roupa. Mas vai que entra outra pessoa. Melhor ficar de roupa. Fico de roupa. Deito de barriga pra cima ou de lado? De lado é mais bonito mas aí a barriga espalha. Meio pra cima e meio de lado então. Isso. Soltar o cabelo, melhor. Se ele vier me beijar vai ver que minha língua tá uma toalha direto do pacote. Melhor ir juntando saliva. Nossa tá quente essa saliva.

Tá com gosto de ovo. Nem comi ovo. Será que Léo tá deitado em cima da Abba ou será que Abba tá deitada em cima do Léo. Ela monta quebra-cabeça com ele? Esse era o Gaspar. É um segundo pra perder uma pessoa. Quando é que eu vou gostar de beijar na boca? Agora, com o Vini. Vini é legal. Não fala muito comigo. Deve ser porque me acha bonita e tem vergonha de dar oi. Ou me acha inteligente. Ele sabe que eu não demonstro tudo porque tô guardando pra quando eu fizer dezoito anos que é quando pode mudar de nome e ir morar na Rússia onde tentaram pelo menos outro jeito de viver eu vou dizer quando ele perguntar. Como é que ele vai tentar me beijar. Vai colocar a mão debaixo da minha blusa bem de levinho pra eu ficar arrepiada. Aí ele vai virar meu rosto e me olhar no olho e me dizer você é linda e eu te amo. Vou dizer que amo ele também. Eu posso amar ué. Aí ele vai colocar meu cabelo atrás da minha orelha e vai passar o polegar pelo meu lábio e meu rim vai mandar água de volta pra minha boca e vou poder lamber o beiço e minha língua não vai tá mais essa cratera vulcânica da lua quase desprendendo. Aí primeiro ele vai me dar um selinho. Depois um selinho mais forte e outro e outro e depois de muitos selinhos eu vou deixar ele colocar a língua e minha língua vai tá fresquinha como um tomate *tomato* e elas vão se encontrar dentro das duas bocas que vão ser uma só. *Two become one* as Spice falam que é assim então é. Amanhã a gente vai andar de mão dada pelo sítio e eu vou andar de cavalo segurando na cintura dele igual moto e ele vai galopar até o alto do morrinho e alguém vai bater uma foto e eu vou sair linda na foto. Assistente do Napoleão. Aí no almoço a gente vai sentar do lado e eu vou servir o prato dele e ele vai servir o meu e a mãe da Maíra vai perguntar se a gente tá namorando e a gente vai se olhar e no mesmíssimo momento a gente vai sorrir e todo mundo vai bater palma e cantar tá namorando tá namorando tá namorando aí Léo vai escutar mesmo de longe e vai querer saber quem tá namorando e quando souber que sou eu ele vai vir correndo de cavalo e vai cair do cavalo e vai me perguntar se eu não amo mais ele e ele vai me dizer que tava me esperando esse tempão todo e vai me beijar e Vini vai chegar e ver e ficar com ciúmes e aí eles vão fazer um acordo assim: eu vou namorar os dois, eles aceitam, ficam com ciúmes mas só um pouquinho. Aí eu passo um intervalo com cada um revezando. Segunda e quarta e sexta Léo, terça e quinta Vini. O zíper tá abrindo, é ele, dá pra ver a sombra do gorro. Eu tô dormindo profundamente. Pro-fun-da-men-te. Lina. Continuo dormindo. Lina. Ele vai ter que encostar em mim, tô com o olho bem apertado eu não vou acordar. Lina! Ele vai ter que encostar em mim. Ele encosta. Ele balança minha canela. Ai, oi, eu finjo que me assusto, finjo que coço o olho, finjo que bocejo, meu segundo falso bocejo. Você tá no meu colchão, eu montei aquele ali pra você e ele aponta, um dedo frouxo, eu rolo, desculpa. Ele deita, vira pro lado. Pro outro que é o oposto do meu. Vini dormiu. Vini ronca.

Tomar leite direto da vaca antes de voltar e repetir e repetir o verdadeiro teatro é o plano e não tem como fugir: ordenhar. Não dormi. Esperei o touro furar nossa barraca com o chifre pra matar o Vini. Nem lavei a cara nem olhei pra minha cara. No banheiro não tem espelho. As meninas trouxeram mas eu não, mais uma vez, não vou pedir, melhor não ver. Os pais da Maíra tão com olheira colocando nescau em vinte canecas. Tá todo mundo quieto, ninguém dormiu com o ronco do Vini ecoando pelo pasto.

Cada um pega sua caneca e faz a fila no curral. Você aperta um dedo de cada vez, primeiro o mindinho seu vizinho pai de todos e puxa um pouco pra baixo mas não muito. Direciona o esguicho pra dentro da caneca e pronto, leite batido com nescau. O pai da Maíra parece feliz com a espuma, todo mundo vai embora depois dela. Minha vez. *Pinkie ring finger middle finger index thumb*. O leite vai metade pra fora. Desculpa. Vai de novo. Vou de novo. A vaca nem se move. Olha pra nada. Uma cara de tédio, coitada.

Agradecimentos

Às amigas e aos amigos: Ana Paula Dugaich, André Balbo, Caroline Lucas, Elisa Band, Felipe Arruda, Fernanda Machado, Fernanda Ligabue, Gabriela Barreto, Isabela Luz, Júlia Rosemberg, Luana Chnaiderman de Almeida, Lucas Verzola, Marcílio Godoi, Paula Alves, Rafael Guedes, Renato Zapata, Tatiana Filinto, Vitor Guerra.

Ao editor Leandro Sarmatz e à agente Marianna Teixeira.

À Lei Aldir Blanc: Prêmio por Histórico de Realização 2020.

Um agradecimento especial às amigas de infância: Lívia Bitencourt, Mariana Araújo, Nathália Okimoto, Patrícia Martins e Rúbia Romani.

E à minha mãe Elizabeth e ao meu pai Paulo.

Realização:

A mulher do padre © Carol Rodrigues, 2023
Publicado mediante acordo com MTS Agência.

Todos os direitos desta edição reservados à Todavia.

Grafia atualizada segundo o Acordo Ortográfico da Língua Portuguesa de 1990, que entrou em vigor no Brasil em 2009.

Este projeto foi contemplado pelo Governo Federal, Lei Aldir Blanc e Governo do Estado de São Paulo, por meio da Secretaria de Cultura e Economia Criativa — ProAC Expresso Lab.

capa e ilustração de capa
Elisa v. Randow
preparação
Luicy Caetano
revisão
Tomoe Moroizumi
Ana Alvares

Dados Internacionais de Catalogação na Publicação (CIP)

Rodrigues, Carol (1985-)
A mulher do padre / Carol Rodrigues. — 1. ed. — São Paulo : Todavia, 2023.

ISBN 978-65-5692-433-5

1. Literatura brasileira. 2. Romance. I. Título.

CDD B869.93

Índice para catálogo sistemático:
1. Literatura brasileira : Romance B869.93

Bruna Heller — Bibliotecária — CRB 10/2348

todavia
Rua Luís Anhaia, 44
05433.020 São Paulo SP
T. 55 11. 3094 0500
www.todavialivros.com.br

fonte
Register*
papel
Pólen natural 80 g/m²
impressão
Geográfica